La vida te despeina

La vida te despeina

Historias de mujeres en busca de la felicidad

La vida te despeina / Ángeles Masstretta... [et al.].- 8ª ed. –
Buenos Aires : Planeta, 2006.
224 p. ; 23x14 cm.

ISBN 950-49-1400-4

1. Narrativa en Español
CDD 863

Diseño de cubierta: Mario Blanco
Diseño de interior: Orestes Pantelides

Derechos exclusivos de edición en castellano
reservados para Argentina, Uruguay y Paraguay
© 2005 Grupo Editorial Planeta, S.A.I.C.
Independencia 1668, C1100ABQ Buenos Aires
www.editorialplaneta.com.ar

9ª edición: 4.000 ejemplares
(8ª en este formato)

ISBN-13 978-950-49-1400-6
ISBN-10 950-49-1400-4

Impreso en Grafinor S. A.,
Lamadrid 1576, Villa Ballester,
en el mes de abril de 2006.

Hecho el depósito que prevé la ley 11.723
Impreso en la Argentina

La amistad, enamorarse, viajar
salir, divertirse, el amor,
reírse, ser madre, crecer,
romper con la rutina, jugarse, bailar...

Todas las cosas buenas de la vida despeinan.
Y eso te queda muy bien.

Sedal

ÁNGELES MASTRETTA

De viaje

¿Quién sabe qué soñaría el marido de Clemencia cuando en la media tarde de un domingo se durmió como en la paz de un convento? ¿Qué premura de qué piernas, de qué lío, de qué risa y qué pláticas, cuando en la madrugada lo veía ella dormir y lo adivinaba soñando? ¿Quién sabe qué misterios, qué pasión irredenta se metería bajo sus ojos, mientras Clemencia lo miraba durmiendo como quien adivina un viaje al que no fue invitada?

Ella no había querido nunca pensar en esas cosas que para efectos de razón le parecían triviales, como juicios de moral creía necios y como causa de la sinrazón consideraba de peligro. Temía de tal modo caer en semejante delirio que jamás tuvo la ocurrencia de indagar en la vida secreta de aquel hombre con quien tan bien llevaba los intensos acuerdos de su casa, su mesa y su cama, y al que sin más y por mucho quería desde el tiempo remoto en que la palabra democracia era un anhelo y no un fandango.

Que los caminos del deseo son varios y complicados le pareció siempre una sentencia lógica, que ella debiera enterarse de los vericuetos que tales veredas podrían tener en el alma de su marido no estaba en la lista de sus asignaturas pendientes. En esa lista bien tenía ella otras y bien guardadas las quería.

Por eso no regaló sus oídos a las preguntas indecisas sobre la condición de su matrimonio, mucho menos a la euforia con que alguien tuvo a bien comunicarle cuánto se apreciaba entre sus conocidos lo moderno, inteligente y ejemplar que parecía su pacto. Prefería no enterarse de la riesgosa información que podían esconder semejantes elogios, mejor no dar a otros el gusto de sacudir su curiosidad al son de un comentario soltado al paso como un clavel.

No sabía Clemencia qué mundos podía él guarecer bajo una gota de sueño, pero bien adivinaba cuántos pueden cruzar por un instante: su misma vida era una multitud de fantasías y desorden dejándose caer por todo tipo de precipicios. Por eso sintió miedo y una suerte de compasión por él y sus secretos. Por eso lo miraba preguntándose de buenas a primeras quién más podía caber dentro de aquel hombre que soñaba junto a ella cuando tan bien dormían con las piernas entrelazadas una noche y la otra. ¿A dónde iba de viaje su entrecejo? ¿En qué visita guiada hacia qué ojos estaría sumergido?

Nunca, en todo lo largo de los mil años de su vida juntos, sintió Clemencia aquel brinco ridículo que provocan los celos comiéndose la boca del estómago, jamás sino hasta que la punta de una hebra le cayó tan cerca que con sólo jalarla desbarató de golpe una madeja de vinos y voces, viajes y besos, cartas y cosas, palique y poemas que le dejó de golpe todas las dudas y todas las certezas de las que ella no hubiera querido saber.

Ella, que libre se creía de ataduras tales como el resentimiento, el espionaje, la inseguridad y los celos, tuvo a mal enterarse de que su impredecible marido era capaz no sólo de tener varias empresas y múltiples negocios, sino varias mujeres complacientes y al parecer complacidas, varias mujeres a cual más entregadas o deshechas en lágrimas y risas. Así las cosas, todo el asunto le pareció tan increíble como probable resultaba.

Trató de no saberlo y no pensarlo y se hizo con mil razones un ensalmo: "eso es asunto de cada quien y yo no soy quién para juzgar a quién" repitió durante horas, durante días, durante meses. Llegó a tal grado su despliegue de imperturbable serenidad que incluso consiguió engañarse hasta pensar que no pasaba nada, y que si algo pasaba en otra parte a ella nada le pasaba. La libertad que se prometieron una tarde de luz naranja, entre las sábanas de un hostal para estudiantes, no merecía tocarse con reproches.

Un año se fue así, como si no se hubiera ido, hasta que el viento la encontró mirando a su hombre dormir una siesta con tal abandono bajo los párpados y tal sosiego en las manos, que de sólo pensarlo durmiendo así en otro lugar ella hizo a un lado la serenidad y, sin remedio, quiso imaginar los laberintos entre los cuales podía esconderse el minotauro que ordenaba la vida secreta de su cónyuge. Porque de todas sus impensables conjeturas: una morena y una rubia bailándole el ombligo, una chilena y una sueca alabándolo con la poesía de un danés dibujada en tinta china, una socióloga pelirroja y una tímida economista dándole besos en los oídos, una sicóloga en cuyas manos no estaría a salvo ni el doctor Freud, una bruta con rizos y camisón de encaje, una lista de falda sastre y mocasines Ferragamo. Una rezándole a Sarita Montiel y la otra haciendo el análisis de adivinar qué estadísticas, una que se sabía poner borracha y otra que se sabía venir aprisa. Todas juntas y bizcas, haciéndole el amor en mitad de un parque, no eran la peor de sus alegorías, porque de todas esas, y otras más, la única que le dolía raro y justo abajo del alma era pensar que podría haber en el mundo alguien frente a la cual sería posible que él durmiera una siesta abandonado así, como en su casa.

Cosas por el estilo rumió durante varios meses hasta que de tanto darle cuerda a ese reloj de dudas tuvo urgencia de un pleito, tres aclaraciones, dos indagatorias y un lío infinito que de sólo figurarse la avergonzaba.

¿Quién sabe cuántas veces se había jurado no armar un tango donde había un bolero y no volver ni prosa, ni panfleto lo que debía ser un poema? Así que en nombre de todos aquellos juramentos y de su decidida gana de cumplirlos, quiso salir corriendo de la inocencia con que dormía su marido aquel domingo y les pidió a dos hermanas que tiene por amigas, tan íntimas cuanto las mantiene al corriente de sus enigmas, que la llevaran a su muy comentado viaje por Italia y España.

Las hermanas, que empeñadas estaban en viajar como una de las bellas artes, se alegraron de llevarla consigo. Clemencia es una artista con varios dones: sabe hablar hasta más allá de la medianoche y recuerda con precisión de pitonisa lo mejor de las vidas públicas y privadas de la ciudad en que las tres nacieron. Sabe de música y pintura, de buenos vinos y buenos modos, de cómo se saluda en España con dos besos, en Francia con tres y en Italia con los que el humor del saludado tenga en gana. Sabe, según el caso, salpicar de inglés la orden del desayuno o hablar en italiano, mal pero con estilo, lo mismo con un gondolero que con el Dante. Sabe de los varios significados que tienen en España palabras como "vale", "polvo" y "coño". Sabe de andar por horas, de leer cartografías, de ejercitar la paciencia con quienes en Europa prestan algún servicio como si lo regalaran y lo cobran como si les debiera uno intereses. Clemencia tiene pies pequeños y lágrimas fáciles, tiene los ojos de un pájaro en alerta y la voz de una comadre dichosa. Clemencia reconoce la calidad de los hoteles con sólo oír su nombre, y está dispuesta a cambiarse de cuarto y hasta de ayuntamiento cuantas veces sea necesario si se trata de dormir bien y en buenos lugares, que ya no está la edad de ninguna de las tres para pasar desdichas en sus camas, mucho menos en las de hoteles desdichados. Clemencia pierde las cosas casi con entusiasmo y dado que en los viajes siempre se pierden cosas, nadie como ella para recuperarlas o consolar a quien las ha perdido. Así es como entre las tres extraviaron en veintinueve días lo mismo las sombrillas, que los lentes de sol, que un tubo de labios o el collar de los dos corales. Lo mismo las maletas en los vuelos de Iberia que un par de zapatos en la isla de Lido, sin permitirse nunca un sollozo de más o una aflicción inútil. Igual abandonaron en Udine unos pantalones negros y un saco verde que en Mantova una blusa naranja. Igual desapareció un rimel en el tren rumbo a Verona que un boleto de regreso a México en los pliegues sin fondo de su maleta.

Para todas las pérdidas tuvo Clemencia al uso la frase de la hermana mayor: "la vida siempre devuelve". Se la había oído decir un día que se puso en filósofa, y de tal frase se hicieron mil versiones a lo largo y lo ancho de cuanta pérdida y hallazgo hubo en la obra de arte que quisieron hacer con ese viaje.

No tuvieron ni un sí, ni un no, ni un entredicho. No pelearon ni por las cuentas, ni por los restoranes, ni por el tiempo que cada una quería pasar en cada tienda, ni por el ocio que cada cual quería poner en diferente sitio.

Cargadas con un libro de proverbios budistas, uno de viajes en veleros antiguos y otro con los mejores cuentos del siglo diecinueve, se hicieron a la mar y al cielo, para ver qué pasaba en lugares menos recónditos que los que caben en los sueños de un marido.

Y hubo de todo en ese viaje: en España los ojos vivos de risa de una mujer excepcional, las flores de Tenerife hablando en verso, la repentina voz de un lobo al que es imposible no verle las orejas porque sólo su corazón las desafía, la deslumbrante bondad de una merluza bajo la luz de una rotonda de cristales, la seda de un jamón de bellota, el aroma a jazmín de un arroz con leche, la película de Almodóvar y las dos bocas de Gael García.

En Venecia las tres exhaustas y aventadas a la mala suerte de coincidir con la mitad del festival de cine, las tres con sólo sus seis brazos cargando el equipaje para cuatro semanas y diez distintos climas, las tres subiéndose por fin a un taxi que, como cualquiera bien sabe, allí es una lancha guiada por un bárbaro. Las tres frente a la tarde aún dorada y andando sobre el agua con el juicio en vilo con que uno mira la ciudad si respeta el milagro que la mantiene viva. "Nessuno entra a Venezia da stranniero", escribió el poeta y recordó una de las hermanas que en asunto de versos tiene la rara memoria de los que todo olvidan menos lo que conviene.

Hay un león con alas mirando al Gran Canal y esa noche un atisbo de luna en el cielo sobre la plaza que quita el aire y lo devuelve sólo si está tocado por su hechizo. Un haz de luz prestado por la muestra de cine pintaba de violeta el marfil de la catedral. Debajo de este orden, un caos con los arreglos hidráulicos de una compañía coreana prometiendo redimir el futuro del suelo que se hunde. Y al fondo del tiradero el insigne reloj, aún cubierto de andamios, al que por fin le sirven las campanas, dando las doce para anunciar la media noche. Tocaban al mismo tiempo las tres bandas de música y bajo el león bailaba una pareja suspendida en sí misma. ¿Quién quería irse de ahí al mal proceder de indagar en qué anda su marido? Nadie, menos Clemencia que como si le hiciera falta tuvo a bien decidir enamorarse del león. Porque "la vida compensa" y esa fiera desafiando la inmensidad parecía declararle un amor de esos que a nadie sobran y todo el mundo anhela.

La hermana mayor en los últimos tiempos había perdido el sueño de modo tan notorio que cuando todo el mundo sucumbía a su lado, ella seguía moviéndose por el cuarto del hotel como si tuviera miedo de que al dormir fueran a perdérseles las llaves de algún reino. Sin embargo, hasta ella se había ido a la cama cuando Clemencia entró al cuarto, del palacio en que dormían, con el león en el alma y el desayuno en bandeja.

En Mantova, hecha de terracota y tiempo, murallas y castillos, encontraron un festival de libros por toda la ciudad. Los hoteles, los patios, los mercados, las tiendas, los museos, las agencias de viajes, las escuelas, la noche, los teléfonos, la mañana, las cafeterías y el cielo, están tomadas durante una semana por una feria de escritores y lectores. El platillo local: ravioli di zucca. ¿Qué iba Clemencia a hacer hurgando en algo más recóndito que aquella pasta con relleno de calabazas tiernas?

Al día siguiente fueron a caminar a la vera de un lago hasta que, cansadas de sí mismas, se dejaron caer en una orilla. El sol se fue perdiendo en el perfil que corta el horizonte. Ellas no dejaron minuto sin despepitar un enigma. Y con la misma intensidad dedicaban un rato a imaginar la receta de un spaghetti o treinta a reírse con el recuerdo de la noche en que alguien dio con el valor que le urgía para dejar el infortunio que eran los gritos de su tercer marido sólo para caer en poco tiempo en los gritos del cuarto. Lo mismo iban de un tigre que deslumbró la tardía infancia de una de las hermanas al pianista cuyos amores invisibles se inventó la otra. Se reían de sí mismas siguiendo los consejos de la única monja que algo les enseñó en la escuela: la risa cura y el que se cura resuelve. Frente a ellas y su conversación como una trama de tapiz persa, dos cisnes empezaron una danza y viéndolos hacer se acercaron dos más y después otros dos hasta que seis se hicieron. Clemencia, que aún andaba urgida de pasiones, se enamoró sin más de los seis cisnes, del pedazo de sol y de las dos hermanas con que andaba de viaje para escapar de un sueño. Cenaron luego una pasta con berenjena y durmieron nueve horas hasta que sonó el teléfono del que salió una voz inusitada.

El cuarto oscuro de la memoria funciona discriminando, y nunca se sabe cuál es la exacta mezcla de luz y sombra que da una foto memorable. Se sabe sí, que todo lo que trae puede ser un prodigio: cerca de Udine las montañas y el río de un denso azul como pintado por Leonardo. Sobre el puente del diablo, detenidas mirando Cividale para reconocer el siglo doce. En Udine una pasta con tomate y albahaca, una rúcola con queso parmesano y un muchacho que cantaba al verlas entrar como si veinte años tuvieran. De ése, faltaba más, también se enamoró Clemencia. De ése y de un violinista al que encontraron ensayando a Vivaldi junto al altar de una iglesia cerca de la Academia, de regreso en Venecia como quien al desastre y al absoluto vuelve. ¿De qué andar preguntándose por los sueños de un hombre, cuando se puede andar de pie entre tantos sueños? Los estudiantes han llenado un puente de acero con sus cuerpos jóvenes y dos antorchas cada uno. Todo el paso arde sobre el agua que atraviesan doce góndolas en las que juegan cien remeros cantando para engañar a quien se deje. Los jóvenes los miran sin soltar las antorchas con que piden la paz en mitad del canal más hermoso del mundo. Una de ellas celebra su cumpleaños, se lo cuenta a Clemencia que todo quiere saber y le ha preguntado qué significa todo eso. "Preguiamo per la pace" contesta la criatura de veinte años que en sí misma parece una oración. ¿La pace? ¡A Irak!, le responde la niña.

Una muestra de Turner está en Venecia con todas las pinturas que hizo en tres semanas de visitarla. Turner que pintó en brumas el puente de los suspiros: en cada mano una cárcel y un palacio. Turner las enamoró a las tres desde un lugar en mitad del siglo diecinueve. ¿Cómo iban a envidiar otros amores?

No podían estar más radiantes que de regreso en Venecia. La Venecia ridícula y divina vista del mar parece un barco de cristal y desde la terraza del Hotel Danielli, vista parece con el ojo de un dios que sólo vive de mirarla, como si fuera el más voraz de los turistas. Porque turismo hacemos todos en Venecia, tal vez incluso las palomas. Por más que las tres damas de nuestra historia se creyeran más arraigadas en el palacio de los Dogos que el dueño de una tienda de Murano diciendo muy solemne: Yo no vengo de una familia con abolengo en el Venetto. Mis antepasado apenas llegaron aquí en el siglo dieciocho.

Semejante comentario sumió a la hermana mayor en un conflicto del cual Clemencia la salvó aventurando una tesis: dado el oscuro contorno de sus ojos, ellas podrían tener en su estirpe un viajero cuya curiosidad lo llevó a México en el siglo dieciséis y cuya familia vivía en el Venetto desde principios del siglo trece.

—Podría ser —dijo la hermana menor. Todo puede ser.

Para entonces Clemencia había olvidado de punta a rabo los sueños del marido y la manía de entregarse a conjeturas sin rumbo. Ya no cobijaba en la mente ni un segundo la imagen de una mujer ridícula bailando en el último piso de un edificio art decó. Ni recordaba cuando en una tienda le preguntaron si le servían las dos computadoras que su marido le había comprado en Navidad. ¿Las dos? Y si a ella le tocó la fija, ¿a quién le habría tocado la portátil? Se olvidó de la tía de la amiga de una diabla que conocía de cerca a una mujer con voz de pito, cintura de rombo y ojos de cangrejo que andaba diciendo que ella andaba, y pruebas tenía mil, con el dueño de la fábrica que, no por casualidad, era la herencia más preciada de un señor cuyos nombres y apellidos resultaron los mismos del famoso cónyuge de Clemencia. Olvidó preguntarse si alguien más tendría atada la luz de su marido con la niebla del recuerdo o el caballo al que le dan sabana. Se olvidó de las facturas de un albergue, más cursi que un postre de quince años, que él dejó una noche sobre el lavabo. Y lo más importante, se olvidó de rumiar: ¿Qué ropa se pondrían aquellas damas? ¿Qué tan damas serían? ¿La del cuerpo flexible habría ido a colegio trilingüe? ¿Con qué se emborrachaban y a dónde las cargaban? ¿Y quién y cuándo y cómo? ¿Y de qué color podrían ser sus pantuflas? ¿De qué genuina densidad sus vellos púbicos? ¿Cuán largos y frecuentes los gritos de un hallazgo? ¿Qué tan fácil o difícil hallarles el hallazgo? Y ¿en dónde exactamente tenía cada una el clítoris? Porque eso sí es dogma de fe: ninguna mujer tiene el clítoris en el mismo lugar, y muchas lo tienen cada vez en un pliegue distinto.

Había dejado de rumiar y toda ella era un lago de paz y desmemoria.

Cuando volvieron a España se enamoró como desde siempre de un tal Felipe al que le gusta el mar y la cocina, de un editor que habla ronco como las olas y de la terca pasión por Argentina que tiene en las mejillas el nuevo habitante de su embajada. Luego, de paso por Jaén y sus aceituneros altivos, tomó litros de aceite de oliva, mordió los duraznos más tersos que había visto y descubrió sin sorpresa, en un encuentro feminista, que las mujeres enamoradas de mujeres se ríen como comadres y por lo mismo se antoja enamorarse de ellas. Lo cual no dice nada más de lo que dice: ni que al congreso en torno a María Zambrano y el exilio interior hayan ido sólo mujeres homosexuales ni que no sea una dicha conocerlas. Ella y las hermanas se enamoraron del congreso, del paisaje y de la atolondrada timidez con que se iba perdiendo, en cada esquina, el taxista que las llevó de vuelta hasta Madrid.

El último día fueron de compras al Corte Inglés: Clemencia se compró ahí dos pañuelos italianos y las hermanas se compraron trescientos. Porque con eso de la Europa unida eran ahí más baratos que en Venecia y aunque nadie lo crea eran más bonitos.

Siempre se vuelve uno mejor cuando anda fuera. Hasta siendo pañuelo de cachemira, pensó Clemencia cuando iban en el aire de regreso a la patria y a su marido y a los amores de las dos hermanas.

Eran en México las once de la noche y en Europa el fin de la madrugada. Clemencia entró a su casa como en sueños, sin más aviso que el ruido de su paso en desorden por las piedras del patio.

—Por fin regresas, dijo su marido. Desde que te fuiste no he dormido bien un sólo día.

—Voy a irme más seguido —dijo Clemencia metiéndose a la cama sin más conjetura que una camisa de algodón y el clítoris en suspenso. Porque la vida devuelve y todo puede ser.

CLAUDIA AMENGUAL

La rosa de Jericó
(fragmento)

CLAUDIA AMENGUAL nació en Montevideo, Uruguay, en 1969. Es escritora, traductora pública e investigadora. Es autora de las siguientes novelas: *La rosa de Jericó*, *El vendedor de escobas* y *Desde las cenizas*. El relato que se transcribe es un fragmento de su novela *La rosa de Jericó* (2000).

Mira alrededor y la oficina le parece una cueva. Las computadoras son luces al final de un túnel, luces muy difusas, y el sonido de la impresora se asemeja a un grito prolongado que le eriza la piel. Ya no ve hacia afuera por la única ventana, sólo hay paredes negras, muy negras, y se le están viniendo encima, y nadie se da cuenta, nadie se da cuenta, siguen en lo suyo como si nada pasara; pero las paredes se vienen encima, cada vez hay menos aire, el pecho se cierra, cuesta respirar. Por ahí se mueven sombras, se arrastran; no son sombras, son seres espeluznantes, informes, oscuros. Parece que están cómodos en ese mundo de horror, se desplazan lentos y no se han dado cuenta de que las paredes siguen cerrándose; cada vez hay menos espacio, más oscuridad. Ella no puede moverse, tampoco le salen palabras, está paralizada, con los ojos abiertos y la

mirada perdida y el grito aquel que hace rato terminó; y la impresora que le hace señas que ella no ve,
como tampoco ve que una de las sombras está justo detrás de su espalda.

—¡Pero, caramba! Hoy no pegás una, Elena. Primero llegás tarde, te venís hecha una mascarita, me
distraés a los compañeros y ahora, lo que faltaba, ¡en
la mismísima luna! Con todo el trabajo que hay atrasado. No digo yo, que en algo raro andás. ¡No puede ser!

—Me distraje un segundo, ya sigo.

—¿Vos creés que yo me chupo el dedo? A mí no
me engatusás con ese cuentito del doctor, ¿estamos?
Te pesqué en el aire en cuanto te vi llegar. Estás en
la luna porque andarás en cosas raras. A mí me im-
portan tres pitos tus asuntos, si te vas por ahí con
uno o con cien, eso es cosa tuya, pero aquí, mientras estés aquí quiero que rindas. ¡Que rindas! ¿Me
estás oyendo?

Elena se ha puesto de pie, con la mirada algo de-
sencajada pero con la voz firme, mucho más firme
que las piernas temblando al compás del corazón que
siente latir como si fuera a saltársele por la boca. Le
pone la cara bien cerca de la de él y le dice con los
dientes apretados:

—Vá-ya-se-a-la-mier-da.

El hombre apenas ha podido recuperarse de la

sorpresa y ella ya está cerca de la puerta. La abre y, antes de salir, estira la mano hasta el reloj, toma su tarjeta y la rompe en tantos pedazos como puede, los tira al aire por detrás del hombro y simplemente se va como había anunciado, antes de hora.

* * *

Apenas traspasa el umbral del edificio, siente como si se le hubieran recargado las energías. Ya está y no fue tan difícil. Había que ver la cara del jefe y las expresiones de sus compañeros. Si faltó que aplaudieran. Y ese detalle final, ese gesto dramático de romper la tarjeta, ¡qué maravilla! Distraída busca con la mirada, busca pero no encuentra lo que quiere. Si volviera a toparse con el taximetrista le aceptaría un café, es más, ella misma lo invitaría. Un café, nada más que eso y solamente porque la desborda una extraña alegría. ¿Y luego? Nada. No pasaría de una charla para poder contarle a alguien lo que acaba de hacer. ¡Ella! ¡Elena! Qué a gusto se siente, qué liberada. No tiene idea de lo que hará en el futuro pero no quiere pensar en eso. Ahora es momento de disfrutar este desquite que se permitió. Pero ¿por qué no lo hizo antes? No fue tan terrible, después de todo. Imagina el alboroto que habrá en la oficina; el jefe informando del desacato a "los de arriba", dorando la cuestión para no salir mal parado, por supuesto, hablando pestes de ella, de cómo hacía tiempo que tenía ganas de sacársela de encima. Mientras tanto, los compañeros festejarán que alguien, por fin, haya puesto las cosas en su lugar y le haya cantado a la alimaña las cuatro frescas que todos tienen pendientes. Está tan excitada que le parece que la gente puede leerle el pensamiento.

¿Cómo lo tomará Daniel? Probablemente no le dé importancia, después de todo para él eso nunca fue un trabajo, más bien un pasatiempo para que Elena no estuviera tanto en casa y no se pusiera quisquillosa con la limpieza, los chicos. En cuanto a ellos, ni siquiera está segura de que estén al tanto de que tiene, tenía, trabajo. Jamás le han hecho preguntas, ni la han ido a visitar, ni se han interesado en lo más mínimo. No notarán la diferencia. ¿Su madre? Puede imaginarla sin mover un músculo, sin el menor gesto, nada, decirle algo así como "es cuestión tuya" o "tú sabrás". Cualquier cosa por el estilo, menos un abrazo comprensivo, eso es seguro. Tampoco querrá saber los detalles, ni reirá con ella por su locura, ni mucho menos le dirá que ha hecho justicia. No, no puede esperar aplausos de nadie. ¡Pero, claro! ¡René! ¿Cómo pudo olvidarlo? René sí va a disfrutar cuando le cuente, con la rabia que le tiene al gordo.

"Estoy bien", piensa. "Tendría que retocar un poco el maquillaje, pero estoy bien. Estás linda, Elena. A ver cuántos piropos cosechás en un par de cuadras." Se lanza a su pasarela imaginaria, sintiéndose de verdad más linda y ni siquiera se amarga cuando camina dos cuadras sin que nadie le diga ni buenos días, ni voltee para mirarla. "Es igual, Elena, no te habrán visto o serán maricas."

Entra en un pequeño café frente a una plaza en cuyo centro una fuente antigua escupe chorritos de agua desiguales. Elige una mesa junto a la ventana, justo como su madre le advirtió desde niña que nunca hiciera, porque "solamente una mujer que busca guerra se coloca sola en exposición". El lugar es pequeño pero acogedor; han empleado mucha madera para su decoración. Madera en el mostrador, madera en el piso, madera en el techo, tanta madera que tiene la calidez de un hogar. Ahí ha metido mano un decorador, no hay duda. Hay incluso un cierto toque de audacia que sólo alguien que sabe, un profesional, pudo haber ideado con tal éxito. Jamás se le hubiese ocurrido combinar el tapizado rojo de las sillas con el violeta estridente de las cortinas y, sin embargo, queda muy bien. Y las servilletas dobladas en abanico sobre los platos de postre son un encanto. ¿Cómo harán para dejarlas así? A ver, si se desdobla y se siguen los pliegues, no, no, así no es, aquí hay también un truco de plancha, de otro modo no se explica que queden así tan paraditas.

—Buenas tardes. ¿En qué puedo servirle?

Ni siquiera había pensado en comer. Entró allí como pudo haber elegido un banco de la plaza. La muchacha le alcanza una lista.

—Tómese su tiempo, no hay apuro.

Claro que no lo hay, apenas son las tres y veinte. Quizá pueda volver a su casa. No. ¿Para qué? Daniel avisó que volvería tarde y los chicos quién sabe dónde andarán. Si vuelve se pondrá a limpiar y caerá en la depresión de esta mañana. ¡Ni loca! ¿Cómo estará Daniel con sus ejecutivos? ¿Y si lo llama a la agencia? No, tal vez esté en lo mejor de la reunión, a punto de dar una estocada triunfal, y ella interrumpiendo; no, jamás se lo perdonaría. Pero ¿y si no es así? ¿Y si está esperando que ella lo llame para preguntar cómo ha ido todo, para desearle buena suerte? ¡Un momento Elena! ¿Qué te pasa? ¿Tus deseos no cuentan? ¿Qué te hace feliz en este momento?

—Torta de chocolate y café con crema, por favor.

Disfruta de la torta y del café como una niña que hubiese estado ahorrando por años para darse este gusto. Mientras tanto, la vida transcurre afuera con normalidad. Cada persona vive su día especial, con sus conflictos particulares, sus penas y alegrías; pero en el conjunto, en la masa que cruza calles y se mueve, el día parece desarrollarse casi como un calco del anterior. La moza se acerca a la mesa y pregunta con cortesía:

—¿Está a su gusto, señora?

—Exquisito. Voy a recomendar este lugar.

—Gracias. ¿Le retiro el plato?

La muchacha se inclina y Elena cree ver el vientre abultado debajo del delantal violeta.

—¿Estás esperando?

—Sí, de seis meses.

—Pero, si ni se nota, con el delantal…

La muchacha coloca una mano entre los pechos y el comienzo del vientre, y la otra justo por debajo, de manera tal que el delantal queda ceñido al cuerpo y delata lo que antes escondía. Se la ve feliz. Elena recuerda cómo se sentía embarazada y piensa que fueron los mejores meses de su vida. Paga y sale. Ya ha pasado la euforia con la que hace nada más un rato entró al café. Ahora está más serena, reconfortada y, sin embargo, otra vez la invade esa tristeza de la mañana.

El escaparate de una tienda de lencería, puesta allí como por encargo, le hace señas con un letrero rosa. Se acerca para mirar las prendas dispuestas con tanta gracia que atraen a mujeres y hombres por igual. Mira divertida cómo un señor muy circunspecto ha pasado ya tres veces espiando de reojo los calzoncitos con encaje negro. "¡Te pesqué!", piensa y de inmediato recuerda, "hace tanto que no uso encaje". Repasa mentalmente su actual ajuar de ropa íntima. Nada especial, más bien todo parecido, sobrio, tirando a grande. Decide entrar por pura curiosidad y, de paso, hacer tiempo.

Ir de la humedad de la calle al ambiente acondicionado de la tienda, ya la hace sentir diferente. Todo allí ha sido pensado para estar a gusto y estimular las ganas de comprar. Aquí y allá hay copones de cristal repletos de flores secas. El aire huele a melones, a duraznos, a sandías frescas. Es imposible no sentirse deseable estando en ese lugar. Dan ganas de llevarse todo y experimentar el efecto de esas telas satinadas, esos colores cálidos o rabiosos, esas espumas irresistibles de los encajes, las transparencias que son el colmo de la sensualidad.

Una mujer se le ha acercado. Parece salida de una foto de la realeza británica. Lleva el pelo gris recogido en un moño que ha rematado con una cinta de raso negro. Negro también es el vestido sin una arruga que la tapa hasta las rodillas y sólo tiene el detalle de una puntilla inmaculada bordeando el escote y los puños. Un collar de perlas de dos vueltas, caravanas haciendo juego y un par de anillos que encandilan completan el conjunto. Apenas está maquillada y sin embargo tiene una distinción en la mirada que la vuelve interesante. También ella huele a frutas.

—¿Qué tal? ¿Puedo ayudarla?

—En realidad, entré para mirar, nada más. Tiene cosas divinas.

—¡Ah! Es que solamente trabajo con lo mejor de lo mejor. En esto no hay secretos. Si usted lleva una prenda confeccionada con estas telas, durará tres o cuatro veces más que las que compra por ahí a menor precio. Al final, resulta un ahorro y usted viste la ropa que merece, porque toda mujer merece llevar ropa como ésta sobre la piel.

—¡Ajá!

—Es mucho más importante para una mujer la ropa que lleva por debajo que la que se ve.

—¿Usted cree?

—Estoy convencida. Puede vestir un pantalón vaquero gastado, o hasta el menos gracioso de los uniformes, pero si sabe que debajo de eso lleva una prenda adorable, suave, seductora, que le acaricia el cuerpo, se sentirá no solamente más cómoda, lo que es obvio, sino más segura.

—No lo había pensado.

—Ah, yo sí. Hace veinticinco años que me dedico a esto y sé muy bien lo que le digo. La ropa íntima, como su nombre lo indica, es casi de lo único que somos dueños, que compartimos cuándo y cómo queremos y si queremos, que mostramos a quien se nos da la gana y que ocultamos también a voluntad. Además, le aseguro que un hombre se emocionará mil veces más frente a una pieza diminuta como ésta que ante un costoso vestido, por escotado que sea.

—¿Le parece?

—¡Estoy segura! La ropa exterior se ve de primera, no implica misterio, está todo ahí. Sin embargo, la otra, la que le lleva en contacto con la piel, guarda su perfume y protege su textura, ¡ah!, ésa es todo un desafío para la imaginación.

—Me sorprende.

—Se sorprendería más si estuviera aquí un tiempo. Vienen mujeres de todo tipo, con sus problemas y con proyectos, también. Mientras las ayudo a elegir su ropa, les pregunto para qué ocasión la quieren, y una cosa trae la otra. La mayoría de las señoras vuelve. Ellas saben muy bien que pueden confiar en mi discreción y en mi experiencia. Muchas vuelven para agradecer. Pero no es la ropa, sino lo positivo que ejerce en ellas.

Elena toma un camisón corto de seda azul, tan suave que se desliza entre los dedos. Lo coloca sobre su ropa y se mira al espejo, un gran espejo ovalado.

—¿Qué le parece?

—Depende.

—¿De qué?

—De para qué lo quiera.

—En realidad no sé, me gustó.

—Entonces no lo lleve. Estas prendas deben elegirse con un propósito, con gusto y ganas, sabiendo el efecto que se desea producir.

—Si me pongo esto, voy a sentirme más linda.

—Tómese el tiempo que quiera. Ahí tiene el probador. Vístalo, disfrútelo. No piense solamente en lo que le provocará a otros, piense primero en usted. Eso es fundamental. Si se siente linda, los demás la verán así.

Suenan los cascabeles de la puerta. La mujer se disculpa y se va a atender a una señora muy gorda que acaba de entrar. Las dos se saludan con un beso, como amigas. Elena decide probarse el camisón azul. "Total, no pierdo nada. ¡Qué mujer más extraña! Debe de llevar culotes largos. Pero qué bien me va esta cosita, parece hecha para mí. El azul siempre me quedó bien."

Abre un poco la puerta del probador para llamar a la mujer y ve cuando ésta le muestra a la señora gorda un camisón rojo, muy llamativo, notoriamente más ancho que largo. De lejos, parece una carpa de circo. La señora aplaude, da unos saltitos, abraza a la otra que ya ha puesto la prenda en una caja. Paga, otro beso y sale hacia un auto negro que ha estado detenido en la puerta esperando, sube al asiento de atrás y desaparece haciendo morisquetas por la ventanilla.

—¿Cómo me queda?

—¡Perfecto! ¿Cómo lo siente?

—Parece que no llevo nada.

—Eso es bueno. Y ¿cómo *se* siente?

—Cómoda.

—¿Linda?

—Sí, por qué no.

—¿Atractiva?

—También

—¿Seductora?

—Bastante.

—Así se ve.

—Gracias, yo no pensaba llevar nada, pero la verdad es que me gusta mucho. ¿Tiene ropa interior que haga juego?

—Sí, ¿quiere verla?

—Por favor.

—¿Todo azul, entonces?

—Es un lindo color y bastante más discreto que el que llevó la señora.

—Ah, es una vieja clienta, casi de los comienzos. A esta altura le hago la ropa a medida.

—Es claro, con ese cuerpo no creo que encuentre ropa de este tipo, digo, así tan bonita y tan, tan…

—¿Erótica?

Elena se prueba el resto de las prendas. Las llevará todas y punto. Sale del probador. La mujer la está esperando detrás de una mesa baja que hace juego con el marco del espejo. Está mirándose las manos, acaricia la izquierda con el pulgar derecho, luego con toda la mano. Hace lo mismo con la otra, lenta, suavemente. Después estira los brazos y las mira de lejos. Los brillantes engarzados hacen extraños juegos de luz con un rayo de sol que se cuela entre las puntillas. Tiene un aire aristocrático, un estilo refinado y algo altanero; no es simpática y, sin embargo, inspira confianza. A Elena le gustaría conocerla un poco más, saber de dónde ha sacado ese aspecto de institutriz.

—Me llevo todo. Es una locura, no pensaba comprar nada, ni siquiera sé por qué lo hago.

—Porque tiene ganas me parece una razón suficiente.

—A mí me resulta raro.

—¿Qué?

—Hacer cosas por el puro placer de hacerlas. Usted sabe, primero son los padres, después los maridos, los hijos; desde que tengo uso de memoria estoy cumpliendo deseos de los demás. Y cuando me doy un gusto pienso una y mil veces de qué manera puede afectar a los otros, si no sería mejor gastar el dinero en otra cosa.

—Se ha olvidado de usted, creo.

—No sé, suena algo fuerte, ¿no le parece? Pero, podría ser, quizá no en un sentido extremista. Me

41

refiero a que tengo muchos motivos para ser, digamos, feliz. Ahora, en el sentido estrictamente personal, tiene razón, he vivido bastante mal, una vida mediocre.

Mientras hablan, la mujer va envolviendo con primor cada prenda. Primero coloca algunos pétalos aromáticos dentro, después la dobla, la envuelve en papel de seda blanco, de ahí a la caja del mismo color con el nombre de la casa impreso en relieve dorado y, como broche final, un lazo salmón que ella transforma hábilmente en una moña parecida a una mariposa.

—Como para casi todo, se requiere entrenamiento. Vea, no creo en esas decisiones abruptas; la señora que está deprimida y decide dar un vuelco a su vida, cambiar en unas horas lo que ha mal construido por años. Eso no sirve para nada. A lo sumo gastan dinero en cosas materiales que simbolizan las ganas de cambio, como esta ropa, por ejemplo; pero si la cuestión no es más profunda, si la transformación no se opera de adentro hacia afuera, le diré qué: terminan frustradas, con los cachivaches inutilizados por una nueva depresión mayor que la anterior. Eso no sirve; me he cansado de verlo. Ahora bien, cuando la ola viene formándose desde hace tiempo, cuando lo único que se necesita es un rayo que inicie la tormenta, entonces ¡cuidado con estas mujeres! Son capaces de dar vuelta el mundo con su energía. Da gusto verlas. Son ventarrones, entran, se prueban todo, llevan solamente lo que las hace felices, piensan poco en los demás y mucho en ellas.

—¿Y eso no es ser egoísta?

—Sí, pero si se han pasado una vida dando y dando y eso no las ha hecho felices, cambiar es cuestión de inteligencia. Lo que a primera vista parece un acto de egoísmo se vuelca luego en el bienestar de los demás. ·

—¿Usted es de las que piensa que si uno no está bien no sirve a los demás?

—Es muy simple, si usted vive angustiada, difícilmente pueda transmitir alegría. Si vive con miedos, ¿cómo infundirá seguridad y confianza? Si no se quiere, si no se cuida, ¿de dónde sacará fuerza, salud mental para querer a los otros? Está clarísimo.

—Como el agua.

—Esto está listo, ¿cómo lo quiere pagar?

—Con tarjeta y lo más tarde posible.

—Tres pagos, ¿está bien?

La mujer hace el trámite habitual. Elena sigue con la mirada cada detalle de sus movimientos, la elegancia natural que despliega al hablar, al tomar la lapicera, la letra estilizada, la sonrisa apenas perceptible, casi una mueca.

—¿Sabe? Es curioso que la haya encontrado hoy que tengo un día de locos.

—Lo noté en cuanto entró. Es bastante transparente, ¿lo sabía?

—Nunca me lo habían dicho, pero me cae bien.

—Que tenga suerte. ¡Ah! Una cosa más, no espere mucho; yo que usted estreno la ropa esta misma noche.

*   *   *

El cielo, que por la mañana amenazaba lluvia, se ha desplegado en un azul intenso. Parece mentira, pero la caja blanca que lleva bajo el brazo le infunde confianza, como si alguien pudiera adivinar con solo verla que ahí va una parte de su nueva vida, un símbolo de que algo está cambiando o va a cambiar. Del maquillaje, casi no quedan rastros, apenas un rubor en las mejillas; el resto es un conjunto pálido de líneas atenuadas. Las fuerzas, lejos de apagarse, parecen ir creciendo mientras transcurre este extraño día, tan diferente al de ayer, la semana pasada, el mes anterior, los años que recuerda.

ÁNGELA PRADELLI

Amigas mías
(fragmento)

ÁNGELA PRADELLI nació en Buenos Aires en 1959. Es narradora, poeta y profesora de Letras. Publicó *Las cosas ocultas* y *Amigas mías* (Premio Emecé 2002). "La cena" es el primer capítulo de su novela *Amigas mías* (2002).

La cena

Tenemos esta costumbre desde hace más de veinte años. Todos los treinta de diciembre salimos solas a cenar. Sin maridos, sin hijos, nada. Sé lo que piensan: no parece ninguna hazaña que un puñado de amigas salga a comer una vez por año. Bueno, depende.

Recuerdo ese fin de año en que Patricia encontró la foto de una ex alumna de Andrés en su escritorio. Joven, pechos grandes, pelo negro. Lo que ella creyó entonces la primera infidelidad de su marido. Cuando ese treinta de diciembre Olga, Ema y yo llegamos a buscarla estaba tirada en la cama llorando.

—Vamos —le dijo Olga—, todos los hombres casados tienen historias con otras mujeres.

—Pará de llorar de una vez —le dijo Ema—. Siempre es lo mismo, todos los tipos después de los cuarenta se mueren por las de veintipico.

Esa noche nos emborrachamos las cuatro y terminamos cantando en una de las fuentes de la avenida Nueve de Julio. Ema se cayó dentro de la fuente y Patricia, Olga y yo nos tiramos para acompañarla. Algunas personas que pasaban caminando se pararon a mirarnos y unos tipos nos gritaron desde un auto. Nos reíamos a carcajadas y creo que las cuatro parecíamos felices.

O el año en que Ema tuvo su primer hijo. El bebé había nacido a principios de diciembre y Ema nos llamó el veintinueve para decirnos que suspendiéramos la cena. Las tres nos negamos.

—La posponemos entonces —dijo Ema—. Podemos ir el mes que viene.

—No —contestamos nosotras—. Tiene que ser el treinta.

Ema argumentó razones lógicas. Que el bebé tenía apenas veinte días, que lo estaba amamantando, que todavía no se había repuesto de la cesárea, que el marido no iba a saber qué hacer cuando el bebé llorara. Pero nosotras volvimos a negarnos una y otra vez hasta que Ema aceptó venir.

La noche de la cena le hizo mil recomendaciones a su marido antes de salir y volvió a entrar cuatro veces a besar a su hijo en el moisés. Fuimos a comer comida china y convencimos a Ema de tomar un café en el bar de la esquina del restaurante.

Ema no quiso café, pidió whisky. La mezcla le cayó pésimo. Había tomado vino en la comida y habíamos brindado con una copa de sidra —invitación de los chinos.

Cuando volvimos a su casa Ema estaba borracha. Tenía una de esas borracheras alegres. Sentamos a Ema en un sillón mecedor para que le diera de mamar a su hijo y entre Patricia, Olga y yo logramos embocar la teta de Ema en la boca del bebé. El marido se quedó en la cocina preparándole café. Enojadísimo con Ema. A nosotras ni nos habló. Cuando nos fuimos, Ema seguía en la mecedora, riendo y hablando con su hijo en una lengua indescifrable y el bebé le contestaba con pequeños gorjeos.

O el año en que el padre de Patricia estaba internado. Ella no se movía del cuarto de hospital. El médico le había dicho que el estado era muy grave, que tenía pocos días de vida. Olga había hablado el día anterior con la enfermera del turno de la noche. A las diez de la noche del treinta llegamos las tres al hospital y le dimos a la enfermera una buena propina para que lo atendiera mientras Patricia no estuviera. Patricia le hizo jurar a la enfermera que lo cuidaría. Fuimos al único restaurante cercano al hospital pero Patricia no quiso quedarse. Los empleados de la municipalidad habían reservado mesa para setenta personas. Cuando entramos, los mozos nos dieron guirnaldas, papel picado, maracas y serpentinas creyendo que veníamos con el grupo de los municipales.

—Hay que despedir el año con alegría —nos decía el que repartía el papel picado en la entrada.

—Nos vamos —dijo Patricia.

Y nos fuimos las cuatro sin animarnos a devolver el cotillón.

Hacía ese calor pesado de diciembre.

Compramos una pizza y algunas latas de cerveza y cenamos en el patio del hospital. Ema y Olga se habían colgado las guirnaldas como collares.

Brindamos con las latas de cerveza sin animarnos a decir una palabra. Ema, Olga y yo nos fuimos antes de las doce.

Dice Patricia que la enfermera estaba con el padre como se lo había prometido cuando ella llegó. Que el padre la miró, le sonrió y le preguntó con voz serena: "¿Llegaste?" Que murió unas pocas horas después, antes de que empezara a amanecer.

Hoy es treinta de diciembre otra vez. Habíamos quedado con Patricia en que a las diez pasaba por su casa a buscarla con un remise. A las ocho me metí en la ducha. A las nueve me pinté las uñas. Después me maquillé, me vestí y pedí un remise para las diez menos cuarto. La última semana había hecho una dieta pára estar deshinchada esa noche. Cambié las cosas de la cartera y me miré por última vez en el espejo. Estaba deshinchada.

MARÍA FASCE

El gato

MARÍA FASCE nació en Buenos Aires en 1969. Es licenciada en Letras, escritora, periodista, traductora y editora. Publicó *El oficio de mentir. Conversaciones con Abelardo Castillo*, el libro de relatos *La felicidad de las mujeres* (Premio del Fondo Nacional de las Artes 1999), la novela *La verdad según Virginia* y la obra de teatro *El mar*. "El gato" es un relato inédito.

Felipe no podía comer pasas. Pero ese grumo morado en medio de la mostaza del pañal era una pasa. Lucía cerró el pañal con el mismo movimiento con que las vendedoras del shopping habían envuelto los regalos de Navidad. Buscó uno limpio debajo del cambiador y sostuvo con la mano izquierda al bebé, que se agitaba como una lombriz patas arriba y repetía "nenenene".

—Mamá. Felipe. Felipe. Mamá —dijo señalándose y señalándolo.

—Nenenene —insistió Felipe.

La cabeza despeinada emergió de la remera de Mickey. Lucía le puso la colonia con que lo habían perfumado por primera vez en la nursery de la clínica. El olor le quedaría en las manos hasta la noche. En otra época usaba perfumes exóticos, de cítricos y maderas. Ahora olía como todos los bebés que nacían en la Clínica Bazterrica.

—Vamos a abrir la persiana que ya es de día —le dijo a Felipe, que empezó a jugar con el cordón de la cortina hasta que ella le puso un oso de peluche en cada mano. Al salir de la habitación se clavó la punta de la mesa de luz en el muslo.

—Papá —dijo Felipe señalando el bulto informe que roncaba bajo la sábana. Agitó su manito, adiós.

—Sí —dijo Lucía—, papá.

Hundió la cara en la nuca blanda. Por debajo de la colonia había un suave olor a azufre.

Dejó a Felipe en el piso del baño y abrió la canilla.

—Ahora mamá va a bañarse mientras vos jugás acá con Barny y Donald. Después vamos al jardín.

Felipe se apoyó en el borde de la bañadera empuñando un ejemplar despedazado de *Alí Babá y los cuarenta ladrones* que acababa de encontrar en el canasto de la ropa sucia.

—No, ahora mamá no puede leer.

El libro cayó al agua. Después cayeron Barny, Donald, el champú, la jabonera y la crema de enjuague. Como ya no tenía nada más que tirar, Felipe señalaba las páginas mojadas y lloraba. El chupete. ¿Dónde había quedado el chupete? Felipe salió del baño pero no volvió con el chupete sino con un papanoel de felpa y los osos de peluche, que también fueron a parar al agua.

—Ahora mamá va a lavarse la cabeza —siguió Lucía sin mirar los muñecos cubiertos de espuma. Desde que Felipe había nacido, mucho antes de que pareciera entenderla, se había convertido en una relatora de sí misma—. Ahora mamá se seca.

Se miraron por el espejo del baño. Vio la cara sonriente de su hijo y después un cuerpo desconocido, con una marca roja en el muslo. Salió de la bañadera y se envolvió en la toalla.

Se puso los zapatos mientras Felipe le tironeaba la toalla de la cabeza. Llegaban tarde. Buscó el bolso y de repente se encorvó husmeando el aire como un gato. Había dejado el pañal sucio en el cuarto. Felipe lloraba y daba golpecitos en la puerta para salir. El chupete también estaba sobre el cambiador.

Corrió a la cocina con el pañal, lo metió adentro de una bolsa de náilon y lo tiró a la basura. Felipe la siguió con su andar de pato y la mochila en la mano. Lucía anduvo también como un pato unos pasos. Sonrió: ahora iba a andar así todo el día.

—Orrr —roncó Felipe. Los ronquidos de Carlos se oían incluso desde la cocina.

Guardó el táper del cereal y el de la fruta en la mochila de Felipe. Se cortó un trozo de budín para comer por el camino. Era un budín de pasas.

El olor a cigarrillo y a encierro la hizo retroceder en el umbral como si hubiera destapado una olla. Apoyó las llaves sobre la mesa y Felipe corrió a abrazarse a sus rodillas.

Carlos dejó caer el libro de *La princesita caprichosa*. Se levantó del sofá, le dio un beso y le miró los labios pintados.

—Hoy estuvo terrible —dijo.

Felipe sacudió su dedo: "nonono". Se reía y tenía el pelo mojado de champú. Lucía lo saludó: índice con índice, el saludo de ET. Después le dio un beso de sapo y se quedó un instante contra su carita acolchada.

—Qué calor. —Prendió el ventilador de techo y las aspas hicieron titilar las guirnaldas del árbol de Navidad.

—Voy a ver si trabajo un poco —dijo Carlos.

Felipe esperó hasta oír las dos vueltas de la llave para ponerse a llorar: "papápapá". Entonces Lucía lo alzó en brazos y lo llevó a la ventana para que viera la luna.

—Luna —dijo él.

El domingo a la tarde habían ido al Jardín Botánico. Era el mejor momento de la semana: Felipe en su cochecito, los dos juntos frente al mundo; Lucía mostrándoselo, él descubriéndolo. No entendía a esas madres que compraban cochecitos invertidos: los bebés bajo el toldo cóncavo, aburridos de verles siempre la cara. El cielo estaba celeste, casi turquesa, y la luna era un semicírculo blanco en medio del camino de piedras que dividía el Jardín. "Luna, luna", había dicho Lucía. No recordaba que la luna podía salir antes que se hiciera de noche. Habían jugado a llegar caminando hasta ella como si estuviera esperándolos al final del camino. A la salida del Botánico, Felipe persiguió la luna por la calle, señalándola con el dedo y llamándola hasta que llegaron a casa. Después la había descubierto en la terraza. Desde entonces la buscaba día y noche, en las ventanas y en los libros infantiles.

La remera y el short flotaban en la bañadera de plástico junto al pato y el delfín de goma. Un pañal abierto impregnaba el baño de un olor ácido. El olor podía venir también del inodoro, que tenía la tapa levantada. Lucía tiró de la cadena y se quedó un instante con la cara frente al espejo, sin mirarse.

—Ahora vamos a cocinar —dijo por fin.

Felipe salió del baño y la siguió a la cocina.

Papilla de papas, zanahoria, zapallo, pollo, arroz, carne, manzana, banana, pescado. Papillas de distinta textura y color, con la combinación exacta de proteínas, vitaminas y grasas. Nunca le había gustado la cocina pero ahora era experta en papillas. Peló una zanahoria, una papa y un zapallito y los puso a hervir. Los miró borronearse bajo las burbujas. Su vida entera había cobrado la consistencia de una papilla. Tenía todos los ingredientes que necesitaba, pero no podía verlos ni disfrutarlos. Todos estaban confundidos, hervidos, mezclados, aplastados.

Felipe se comió la papilla mirando *Caperucita roja* en versión japonesa. Caperucita era una cruza de Heidi y Peter Pan, volaba, tenía la cara, la boca y los ojos redondos, demasiado redondos; el lobo cantaba "Kaaawai, kaaawai, fu-man-chí". Bailaba, hacía gimnasia y se comía a Caperucita y a su abuela con palillos. No, se las comía de un bocado, sin masticar. Cerca del final, Felipe se bajó de la silla y entró en fase Duracell. El sueño lo hacía dar vueltas por la sala. Se estrellaba contra las puntas de las mesas y los marcos de las puertas. Se caía, lloraba, se levantaba, se caía, lloraba, se levantaba, como el conejo de la propaganda de las pilas.

Leyeron *La princesita caprichosa* sentados en el sofá. Después bailaron flamenco y Felipe dio vueltas tocando castañuelas imaginarias, hasta que se cansó y volvió a tropezarse, a llorar y a caerse.

—Papá —dijo señalando la puerta cerrada, mientras Lucía lo llevaba en brazos a su cuarto.

—Papá trabaja. —Papá tiene el reloj invertido, es como si fuera japonés. Papá vive en otro planeta.

El gato

En el último pañal del día había una caca blanda y pálida, con pequeñas hebras de tabaco.

—Buá —dijo Felipe, y le pateó la panza, un pie con pantufla y el otro no.

"Malena canta el tango como ninguna". Y después sólo "lalalalalala su corazón". Cuando ya estaba a punto de dormirse, Felipe se levantó otra vez y se apoyó en la baranda de madera. Le acarició el pelo. Un abrazo con olor a pollo y su cara contra la suya:

—Mamá, nene —dijo señalándola y señalándose.

Lucía soltó un suspiro y sintió que el aire se llevaba el hastío y el cansancio, como una tormenta de verano que despeja el cielo. Felipe volvió a decir las palabras mágicas y después las dijo ella, y volvió a decirlas. Por la calle pasaron dos chicos corriendo y riéndose, aunque ya era tarde. Después oyeron rebotar varias veces una pelota.

—¿Por qué le cantás Malena? —preguntó Carlos. Revolvía con la cuchara el fondo de la licuadora.

Lucía no contestó. Abrió la alacena e inspeccionó el contenido de las cajas de pasta.

—¿Qué querés comer? ¿Hago tallarines?

—Mno, me termino la papilla de Felipe.

Volvió a encerrarse en su estudio, esta vez sin llave. Lucía apoyó el oído contra la puerta, pero no oyó

61

el teclear de la máquina. Abrió la heladera: danoninos, yogurts de soja e ingredientes para papillas. Olió el envase de la leche descremada y lo vació en la pileta. Motas y coágulos blancos sobre el acero. Calentó leche entera y llenó un vaso y una mamadera. Les puso miel y una cucharada de cereal. Dejó la mamadera de Felipe sobre la mesa de luz y se tomó su leche sentada en la cama. Se quedó dormida con el vaso en la mano. Del otro lado de la pared, Felipe respiraba despacio.

La remera húmeda de Carlos. El olor violento a café, sudor y tabaco, y su propio aliento, empastado de leche y sueño. Cerró los ojos e hizo memoria: Carlos tenía esa remera desde la tarde anterior.

Los despertó el llanto de Felipe.

—La mamadera está sobre la mesa de luz —murmuró Lucía—. Pero seguro que hay que hacer otra.

Carlos se levantó y fue hasta el cuarto de Felipe sin calzarse las pantuflas. Destapó y olió la mamadera y fue a la cocina a hacer una nueva.

El ruido de la leche entrando a borbotones en la garganta. Un llanto cortito y el tchuptchup del chupete.

Pasaron unos minutos, o quizás unas horas, hasta que Felipe volvió a llorar. Lloraba y tosía. Tosía y lloraba.

—Va a vomitar —dijo Carlos, pero no se movió.

Lucía se levantó de la cama, se puso las pantuflas al revés y fue hasta la cuna. Felipe parecía más pequeño y al mismo tiempo mucho más pesado de noche. Tosía y tenía la cara roja de llanto. Lo llevó a su cuarto y lo arrastró como una bolsa hasta la almohada. Pero seguía tosiendo y llorando.

—Va a vomitar —dijo Carlos otra vez.

Lucía lo incorporó y lo alzó en brazos, y la ola de vómito los alcanzó a los dos. El llanto se hizo más fuerte, incontenible. Corrieron al baño a limpiarse. Lucía se sacó el camisón y arrancó las sábanas de la cama, y se acostaron desnudos sobre el colchón que olía a leche cortada. El bebé en medio de la almohada, como un cartílago que unía el cuerpo de los dos.

Habían dejado la ventana abierta para que entrara algo de aire, pero sólo entraban las bocinas y las frenadas de los autos. Lucía pensó en la ropa sucia en la bañadera, en los pies sucios de Carlos. Enterró su cara en el pelo del bebé, como esos chicos que aspiran pegamento para drogarse, y se durmió.

—¿Te gustan los gatos? —le había preguntado Elsa en la oficina.

—Sí —dijo Lucía, sin apartar la vista de la pantalla. Habría contestado lo mismo si le hubiera preguntado "¿te gustan los mariscos?" En realidad no le gustaban, pero nunca servían mariscos en el bar en el que comían al mediodía. Ni gatos.

—Entonces te voy a pedir un favor.

Lucía dejó de teclear, miró hacia el otro escritorio. Elsa le devolvió una mirada ansiosa y volvió a su teclado. Hubo un silencio incómodo, tan largo que la pantalla mostró la foto de Felipe junto al árbol de Navidad, con su remera de Mickey y una cuchara azul en una mano.

—Mi gata parió ocho gatitos y no puedo tenerlos.

Elsa le había vendido rifas, cremas de aloe vera, cosméticos, tupperwares. Esta vez se trataba de un gato.

Lucía llevaba el gato adentro del bolso de lona, sobre la falda, porque estaba prohibido subir al subte con animales. Apoyó las manos sobre el bulto tibio, como cuando estaba embarazada, pero le pareció que así atraía más las miradas, además, la pollera había empezado a pegársele a las piernas por el calor. Puso sus manos a los lados del cuerpo y el gato acabó por deslizarse fuera del bolso. Por suerte ya estaban por llegar. No había pasajeros en el asiento de enfrente y el suave ronroneo se confundía con el traqueteo del subte.

¿A Felipe le gustaría tener un gato? Elsa había dicho que a todos los chicos les gustaban las mascotas. ¿Y a los hombres? No había tenido tiempo de preguntarle a Carlos. En realidad, hubiera podido llamarlo desde la esquina de la oficina, mientras Elsa corría a su casa en busca del gato. Pero todo había sido demasiado rápido. Igual que con Felipe. Siempre parecía que ella tomaba todas las decisiones.

Entró con el gatito color té con leche abrazado contra el pecho. Felipe tenía el pijama mal abrochado y Carlos la cara lisa, como si hubiera dormido mucho.

—Me afeité —dijo—. ¿Y ese gato?

—Tato —dijo Felipe.

—Es de Elsa. De su gata. Bueno, ahora es nuestro.

—Con este calor, un gato —Carlos se rascó la barba que ya no estaba. Él tampoco le había consultado ese cambio.

"Me voy a trabajar —dijo, pero se quedó hundido en el sofá, sacudiendo la cabeza.

—Elsa me regaló un libro donde explican todo lo que hay que hacer.

—Claro, debe ser tan útil como los libros que enseñan a criar bebés… —Carlos resopló—. En verano largan pelos por toda la casa.

—Se defienden del calor como pueden.

Lucía oyó el ruido de la llave del estudio y dijo, segura de que Carlos todavía podía oírla:

—Sería mejor que se quedara en tu estudio. Así puede salir a la terraza.

El gato se paseaba cauteloso por el living, con el pelaje erizado y las orejas en punta. Felipe iba detrás de él, pero el gato se escapaba entre las patas de las sillas, descubrió el árbol de Navidad y se puso a jugar con las bolas de vidrios de colores y las guirnaldas.

Lucía se sentó en el sofá y dejó caer el bolso. Felipe y el gato se habían sentado ahora en el pequeño rectángulo de parquet que no estaba cubierto por la alfombra. Felipe le ponía la mano sobre el lomo y el gato movía la cola contento, las orejas bajas.

—Tato —dijo Felipe. Lo trataba con cuidado y ternura, como si fuera un bebé más chico.

Lucía se inclinó para acariciarlo. No era un gato de raza. Los gatos pequeños no tenían raza, como los bebés. Una constelación de manchas blancas le cubría el lomo. Una mancha pequeña, oscura, acababa de crecerle cerca del hocico. Felipe se acercó más y le tocó una oreja, y Lucía se quedó un rato acariciando a los dos.

Una semana después, Tato y Felipe ya comían la misma comida. No eran papillas sino trocitos de carne, verdura, frutas. Cada uno en un extremo de la mesa enana.

Lucía les leía *Ali Babá y los cuarenta ladrones* y Tato paseaba un poco por el living antes de echarse junto a Felipe a los pies del sofá. Cuando llegaba la hora de dormir, los seguía hasta el cuarto, pero Carlos iba a buscarlo y se lo llevaba a la cocina. Mientras Carlos cocinaba, Tato volvía a cenar. Más tarde se acurrucaba a sus pies en el estudio, junto al ventilador. Lucía llevaba una taza de café para Carlos y un bol de leche para Tato. Cada tanto, Carlos dejaba de teclear y apoyaba su mano en el lomo del gato.

Cuando Lucía llegaba del trabajo se encontraba a los tres en el sofá. Un olor punzante como el sol a mediodía se adhería con pequeñas garras al sofá y la ropa de los tres. Tato había aprendido a orinar en la caja con piedritas de colores que Lucía había puesto en un rincón del baño, como recomendaba el libro. Pero el olor lo acompañaba por toda la casa.

Una noche hacía tanto calor que sacaron el colchón a la terraza. Se acostaron con Felipe en medio de los dos, y Tato veló toda la noche junto a ellos, paseándose por la baranda.

Lucía podía dejar a Felipe y a Tato jugando con una pelota mientras Carlos trabajaba. Tato había resultado ser el único juguete del que Felipe no se aburría nunca, y le enseñaba a buscar los lugares más frescos de la casa. Una tarde Carlos se había distraído y los encontró durmiendo la siesta en el lavadero, rodeados de ovillos de lana, carritos, osos de peluche y animalitos de plástico.

—Miau —decía Tato.

—Miau —decía Felipe. Y también tete, mamá, papá, ardilla. Hacía mucho que no decía luna. Desde la llegada de Tato se había olvidado de la luna.

Lucía se sacudió la lluvia del pelo y la ropa y se limpió los pies en el felpudo antes de entrar. Felipe daba vueltas por la casa: "Tatotato". Carlos estaba desparramado en el sofá, los ojos raros.

—Se fue —dijo alzando los hombros.

Lucía no dijo nada y empezó a buscar a Tato por toda la casa. Iba dejando un reguero de gotas y Felipe la seguía, caminando entre sus piernas como antes hacía Tato.

—Fui al baño. Felipe dormía. La ventana del estudio estaba abierta. Cuando volví a cerrarla, por la tormenta, ya no estaba —Carlos parecía hablar para sí mismo. Se rascaba la cabeza.

Buscaron en las alacenas, en los armarios, debajo de las camas, entre las sábanas, en la biblioteca. Lucía se acordó entonces del consejo del libro: la chapa con los datos para localizar a los dueños del gato colgada del cuello o, mejor, el chip identificatorio detrás de la oreja. Cualquier veterinario podía colocarlo en cuestión de minutos. No le habían hecho mucho caso al libro de los gatos, tampoco al libro del primer año del bebé. Sin embargo algunos consejos eran importantes. Como en las recetas de los libros de cocina: para no equivocarse había que seguir al pie de la letra todos los pasos.

—Fue mi culpa —dijo Carlos.

—No —dijo Lucía—, yo lo traje.

Felipe ronroneaba, como Tato. Había tomado la costumbre de ronronear cuando tenía hambre. Lucía fue a la cocina y buscó galletitas. Le dio una a Felipe, que se pasó la lengua por los labios.

Llenó una mamadera con agua y otra con leche y las puso en el bolso junto con el paquete de galletitas. Dejó todo sobre el sofá, junto a Carlos, y se encerró en el baño. Se delineó los ojos y se puso rímel. No se pintó los labios. Se puso perfume.

Entraron al Jardín Botánico y buscaron a Tato por todos los caminos. Vieron gatos blancos y negros, grandes y pequeños, grises, amarillos, un gato pelado y otro cojo, ningún gato pequeño color té con leche.

El aire estaba fresco y perfumado después de la lluvia. Bajaron por Las Heras hasta Recoleta. En las calles había luces de colores y árboles de Navidad y papanoeles en las vidrieras. Ningún gato. "Tatotato", decía Felipe y señalaba el aire.

Pasaron por el cementerio y Felipe saludó a los ángeles de las bóvedas que se veían desde la entrada. Lucía sintió algo tibio en la nuca, pero no era Tato sino el brazo de Carlos. ¿Cuánto hacía que no salían, que no caminaban de noche? Le rodeó la cintura y fueron hasta el ombú gigante. Se acercaron con cuidado de no enterrar las ruedas del cochecito en el barro, y tocaron el tronco para pedir un deseo. Era un rito que había inventado Carlos.

—Tato —dijo Felipe, y se durmió con media galletita en la mano.

En la esquina de La Biela una chica con violín tocaba "Pequeña música nocturna" de Mozart y hacía bailar un esqueleto de plástico accionándolo con un pedal. Carlos dejó una moneda en el sombrero delante del esqueleto. Bajó el asiento del cochecito y abrió el toldo para que Felipe durmiera más cómodo.

Compraron helados y siguieron caminando hasta Las Heras. Carlos terminó su helado de dulce de leche y le pidió otra galletita.

El gato

Llegaron otra vez a la entrada del Botánico, que ya estaba cerrada. Pasó un gato que no era Tato y rodearon las rejas hasta encontrar un banco. Barrieron las gotas de lluvia con la mano y se sentaron a besarse de espaldas a la avenida. Detrás de las rejas, los caminos estaban oscuros y no se veía ningún gato. Carlos sacó el atado de cigarrillos y Lucía le pidió uno.

—Si no fumás...

—Una vez fumé. Cuando nos conocimos.

Carlos sonrió y le pasó un cigarrillo. Fumaron en silencio, mirando el humo que salía en espirales y se desvanecía delante de sus narices.

Caminaron hasta la otra entrada, que también estaba cerrada. Se sentaron en el último banco y terminaron el paquete de galletitas. Lucía se asomó al cochecito para mirar a Felipe.

—Va a despertarse muerto de hambre —dijo. Fue a sacarle el chupete pero se cayó solo. Le dio un beso en la nariz.

—Estamos al lado de casa —dijo Carlos—. Además, trajiste la mamadera.

La miró un momento. Cruzó Santa Fe y volvió con dos latas de cerveza y una rosa.

Las ventanas de las casas vecinas estaban iluminadas con las luces de colores de los árboles de Na-

71

vidad. Lucía se preguntó cuántas parejas vivirían detrás de esas ventanas, si tendrían bebés y serían felices, como ella, Carlos, Felipe y Tato. Aunque Tato ya no estaba.

—Tato fue un regalo de Navidad —dijo.

—No —dijo Carlos—, los regalos todavía no llegaron.

Pasó una moto y Felipe se despertó:

—Mamá, papá.

Miró el cielo lila, que apenas dejaba entrever el óvalo pálido de la luna, y dijo:

—Luna.

Carlos enderezó el asiento del cochecito y le bajó el toldo para que pudiera ver mejor. Abrazó a Lucía por la cintura, mirando hacia las ventanas.

—Volvamos.

MARTA NOS
La silla

MARTA NOS nació en Buenos Aires en
1937. Es narradora, autora de las siguientes novelas y libros de cuentos: *A solas o casi; La silla: El trabajoso camino del agua; Ca-
ridad a reglamento; Mata, Yocasta, Mata* y
Los Gardeles. "La silla" forma parte de su libro de cuentos homónimo (1987).

No, Tito. Ni te pensés. Nada de que es en directo, ni que el club, ni que los muchachos, nada, ¿oíste? Vos no te llevás nada. Hoy me toca a mí. Y sacá la mano que no me vas a convencer. Sacá la mano te digo. Ya te la llevaste el otro sábado. Siempre te la llevás. Así que la silla hoy es mía. No todos los días viene una compañía ambulante. Va a ser una fiesta en el patio. Ya me planché el vestido rosa, el del casamiento de Elvirita. No me voy a sentar en el suelo, ¿no? Y sacá la mano. Una compañía ambulante, ¿te das cuenta? Como un vendedor y como ambulancia. Pero sin sirena. Con campanitas. Sí, en serio. ¿No viste la tarima y los cortinones abajo? Vinieron con unas campanitas y anunciaron lo de esta noche y dejaron todo listo. Hasta la bruja del catorce salió a ver. Clin clin que la gran compañía ambulante de no sé quién, que el gran actor no sé cuánto, y todos en el patio para ver qué pasaba. Así que hoy me la llevo yo. No

pienso verme toda la obra parada. No, Tito. No, che.
Que me hacés cosquilla. Dejame batir los huevos. Todo para distraerme y llevártela vos, ¿no? Decime, ¿no
te cansás de mirar partidos? Todos igual los tipos. Todos igual los partidos. Llevate el banquito. O sentá-
te vos en el suelo y basta. Eso sí. Ponete otro pantalón. Que después la que lava soy yo. Pero sentate en
el suelo. O conformate con el banquito. Si lo tenemos para algo es, ¿no? No. El banquito yo, nada. El
banquito, vos. El Chichín siempre anda con su banquito y que yo sepa todavía no se murió. Claro que
él es mucho más flaco. Estás engordando, Tito. Vos
no te das cuenta pero sí. Bueno, no me importa. Son
cosas tuyas. Hoy la silla es mía. Pero, ¿cuántas manos tenés me querés decir? Dale. Que se me quema
el aceite. Correte. No. El pelo no, Tito. Bueno. Un beso y basta. Vos lo que querés es cambiarme el tema.
Basta te digo. Después no chilles si hay pelos en la
tortilla. Ya está. Y dejame la oreja tranquila. Ahora
comé que tengo que bajar al patio. Por la silla te digo. Y vos también apurate, que tu bendito partido no
te va a esperar. No y no. Nada de michi ni de tu tía.
La silla nada. Soy yo la que siempre come en el banquito, ¿no? Tengo mi derecho una vez, ¿no? Sí, claro. Siempre lo mismo. ¿Por qué boludeces de mujeres? Los ambulantes son teatro, ¿no? Y el teatro es
arte, ¿no? Y el arte a mí me gusta y no es ninguna bo-

ludez. Y es también de hombres. No, de maricas no. De hombres. Y dejame pasar. Sacá la mano. Dejame pasar. Que me corrés la media. Tito. Pero che, sacate la idea, ¡querés! ¿Escuchás las campanitas? Son ellos. Ya están abajo. Y yo todavía en veremos. Si no me apuro, las otras copan los mejores lugares. La del quince seguro que ya está, la turra, en primera fila y mostrando las piernas. Sí. No te hagas el mosquita muerta, que yo a ésa me la sé de memoria. Pero no te hagas tampoco ilusiones porque con todos es igual. Y ahora bajame el cierre. No. Con vos así mejor que no. Mejor no me bajes nada, yo me arreglo. Oí cómo chusmean. Ya está la del veintitrés gritándole a los pibes. Ay, este pelo, cómo me lo dejaste. No. Fijate que no. No me puedo callar. Estoy nerviosa. De nervios hablo, ¿sabés? Mm, mirá qué es lindo este vestido, un poco justo, pero lindo, ¿no? Che, ¿estaré engordando yo también?, ¿vos me ves más gordita? Y bueno. ¿Está rica la tortilla? ¡Viste! Te dije. Ahora no chilles. Pelo más pelo menos, ya es como un condimento. Siempre el mismo vos. ¿Yo te chillo por vivir en una pieza? ¿Yo te pido baño o cocina? Qué carácter, Tito. Tanta historia por un pelo. ¿No decís que te calienta mi pelo? Ah, ¿uno solo no? Entonces devolvémelo. A fin de cuentas es mío. Pero no. Tito. No. Que me pasé el ruye. ¿Toda te la comiste? Tanto asco no te dio. Mirá que sos bruto para tragar. Ya está el de enfrente espiando para acá. Pucha este cierre. Dale, ayudame. Hasta la mitad llego; antes subía mejor. Tirá para arriba. ¿Tenés las manos limpias? Qué silencio en el patio. Seguro que ya está por empezar. Che Tito, otra vez no. No empieces de nuevo que pierdo mi lugar en el patio. Me arrugás el vestido, Tito. Dejame la oreja. Mirá que lo de la silla va en serio. Me estás despeinando otra vez. Andá a despeinarla a la del quince. Andá. Sí, seguro, yo sola. Cualquier día te creo. El vestido, Tito. Pero che, mirá que sos porfiado. Ahí pasaron las gordas del tres bis. Algo más para que chusmeen de nosotros. Sí. Tu michi sí. Pero nada más. Quiero ver a los ambulantes. Y quiero mi silla. El viejo de enfrente no afloja. Va y viene pero no afloja. ¿Me subís el cierre o no me subís el cierre? ¿Y por qué me voy a callar? ¿Yo te digo algo a vos porque nunca hablás?, ¿qué sos mudo, o algo así, te digo? ¿Entonces? Tito me hacés cosquilla. Dame la silla. El peinado, Tito. Subime el cierre, ¿querés? Sí. Tu michi. Y bueno, tu michi, y la seguimos después. Claro que me gusta. Pero primero los ambulantes, ¿oís? Ya están anunciando. Tito. Che. Mirá lo que es mi vestido. Aflojá la silla. Dámela. Pobre vestidito mío. ¿Cómo que para qué lo necesito? ¿Qué querés? ¿Qué ande desnuda querés? Oí. Empezaron con la función. Y yo todavía aquí. Y toda arrugada. Mirá cómo me pusiste. El cierre, sí. Pero subilo. Y largá la silla. Che, Tito. ¡Qué hacés! Vos estás loco, Tito. ¿Por qué te sentás de nuevo? Ufa. Si no bajo ahora no voy a entender nada. ¿Y tu partido, vos? Dejate de michi. ¿Cómo? ¿En la silla? Qué ocurrencia. Mirá que te voy a creer que el partido no te importa. ¿En la silla? ¿En serio? ¿Cómo los italianos de abajo? La del diecisiete dice que los vio haciéndolo así. Bueno. Que le pareció. Y que estaban vestidos. Me vas a enganchar la media. Vos así no podés salir a la calle, Tito. Mirate un poco. En serio me parece que hoy no ves ningún partido. Se ríen. Debe ser cómica. Y yo que me la pierdo. Todo por tu capricho. ¿Ni el fútbol te interesa ahora? Y bueno. Entonces ya que no me lo subís, bajámelo al cierre. ¿Pero en la silla?, ¿te parece?, ¿no es mejor en la cama? ¿Vos creés que podremos?, ¿y vestidos? Mirá que hace calor. Sí. Tu michi. Ay, Tito. ¿Los de arriba? ¿Y si se rompe? Mirá que estás medio gordito. ¿Vos creés que aguantará? ¡Qué lindo, ¿no?! Pero esperá que por lo menos cierro la puerta.

Susana Silvestre

Una hamaca entre el cielo y el infierno

SUSANA SILVESTRE nació en San Justo, Provincia de Buenos Aires, en 1950. Es narradora, periodista y guionista cinematográfica. En el bienio 1990-1991 recibió el Premio Municipal. Publicó cuentos y novelas: *El espectador del mundo* (Premio Roberto Arlt), *Si yo muero primero*, *Mucho amor en inglés*, *No te olvides de mí*, *Todos amamos el lenguaje del pueblo* y *Biografía no autorizada*. "Una hamaca entre el cielo y el infierno" forma parte de su libro de cuentos *Todos amamos el lenguaje del pueblo* (2002).

"¿Confieso lo que pienso acerca del amor y le arruino el día de la primavera a medio mundo? No sería justo. Además, investigando a fondo, tiene algunas cosas lindas. Cuando una está enamorada se pasa buena parte del día —y de la noche— con la cabeza perdida en la añoranza del amado. Esto constituye un fatal derroche de tiempo productivo pero hay que estar decidida a entregarlo porque en caso contrario no hay amor que valga la pena. A la larga una comprobará que en aquellas horas, aparentemente perdidas, ha abonado la tierra de los más hondos sentimientos y arribará al extraño descubrimiento de que ha tenido tanto amor que se la puede pasar de película sin él."

Estas miserables líneas constituían todo lo que había conseguido escribir para la nota que me habían encargado.

No necesitaba que la revista dominical volviera explícitas las instrucciones. Suficientes malas noticias traía el diario para que yo las aumentara, y mucho menos en el día de la primavera, que habían decidido adornar con textos sobre el amor.

Los condicionamientos, explícitos o implícitos, no me caen bien, de modo que ahí me quedé plantada sin saber cómo seguir adelante. Llamé a una amiga por teléfono y le pregunté si podía ir a visitarla.

—Encantada —dijo.

Mi amiga tiene una casa que parece de muñecas pero esta vez no hice caso al deslumbre del mueble del living, sembrado de cucharitas de distintas partes del mundo y que gracias a la eficacia de la mucama resplandecen como pequeños soles, y tampoco del armonioso contraste entre lo que es de factura humana y las grandes y delicadas violetas de los alpes que tiene en las ventanas, ni de su sillón mullido con almohadones de colores pasteles, ni de su proverbial hospitalidad.

—Hablemos del amor —le dije mientras nos servíamos unas copas de Fresita—, a ver si se me ocurre algo.

—Con el humor que tengo hoy —contestó ella.

—Los que a todos nos gustan son los amores de película —seguí yo sin hacerle caso— y ésos son difíciles de encontrar en el cine de nuestros días. Hay excepciones, claro. No sé si te fijaste pero en *Pulp Fiction*, y en otros guiones de Tarantino, las parejas se llevan de película; intercambian apelativos afectuosos como conejito y conejita, satisfacen sin conflicto los deseos del otro, son socios en lo más duro de la vida.

—Sí, pero también de la muerte —dijo mi amiga—. A mí me parece que no es cuestión de andar así como así con una ametralladora en la mano, matando gente o asaltando bancos aún teniendo en cuenta que encontrar un hombre que a una la quiera resulte tan difícil.

—No, claro —dije yo—, y tampoco pensaba recomendarlo. Situarse al margen de la ley en el afán de amar y ser amado, debería constituir un recurso de última, una vez agotadas las demás posibilidades.

—Eso podría ser —reflexionó mi amiga.

Nos llenamos las copas. Ella trajo aceitunas.

—Fijate que la literatura también suele proporcionar malos ejemplos —dije yo.

—Últimamente no estoy leyendo nada.

—Bueno, no importa, pero seguro que conocés la historia de un señor llamado Fausto, producto de la imaginación de otro señor llamado Goethe. El primero era un viejo y sedujo una vez a la hermosa y casta Margarita…

—La que después se corta el cuello.

—No exactamente pero no importa, porque el problema, a mi entender, no es Margarita sino la búsqueda de la Mujer Ideal. Fijate que Fausto no para hasta conseguir que el diablo le ponga ahí adelante nada menos que a la mismísima Helena de Troya, ¿y qué te creés que hace cuando la tiene ahí, junto a él, y el diablo puede entregársela?

—¿Qué hace?

—Se desmaya. Parece que son los efectos que causa la Mujer Ideal.

Mi amiga se quedó mirándome, no suele llevarme mucho el apunte en mis disquisiciones, pero yo había pensado muchas veces en eso de la Mujer Ideal y la prueba más rotunda de su inexistencia es que no hay entre las mujeres que atraviesan el mundo, creo yo, ninguna que haya visto a su amado tendido a sus pies cuan largo era, a consecuencia de lo cual se sintiera en la obligación moral de llamar a la ambulancia.

—A mí me parece —dijo mi amiga— que para los tipos la mejor mujer siempre es la de otro.

—A eso voy. Para seguir con Goethe, ni bien vio la luz *Las desventuras del joven Werther*, historia de un poético muchacho enamorado de la prometida de su mejor amigo, en Alemania hubo una ola de suicidios.

—Qué exagerados. Yo lo que te puedo dar son ejemplos del cine. Un amor paraguayo de película es el de *La burrerita de Ipacaraí*. A Isabel Sarli la matan por error; Armando Bo, que hace de un malviviente a quien le interesa únicamente el dinero, la alza en brazos y se arroja con ella a las cataratas del Iguazú. ¡Con lo que son las cataratas! Y tampoco hay que olvidarse de lo que ayuda la música, porque el arpa melancólica que suena atrás y la voz que canta "Una noche tibia nos conocimos bajo el cielo azul de Ipacaraí" mientras ellos se van hundiendo... Es ridículo, ya sé, pero no me vas a decir que no te conmueve. O si no mirá *Matador*, ella y él se asesinan mutuamente mientras el audio reproduce: "Espérame en el cielo, corazón, si es que te vas primero". Qué cosa, che, el amor y la muerte, no hay caso.

—Claro —dije yo—, pero los dos eran fanáticos de *Duelo al sol*, y quién se olvida de esas manos que se juntan sobre la arena con el último suspiro.

Llegamos a la conclusión de que en esto de enamorarse el cine y la literatura nos habían dado una buena mano. Por amor él se hace a un lado en *Casablanca* y sucumbe Aschenbach a la peste en *Muerte en Venecia*. Ahora sí, resulta imprescindible tener en cuenta que un amor de película dura exactamente eso, alrededor de noventa minutos. Más, aburre.

En eso sonó el teléfono y mi amiga fue a atender con la copa en la mano. Cuando volvió traía los ojos como dos luceros.

—Apareció —dijo—, me invita a cenar. Pero ya sabés cómo es. Lo más probable es que empecemos a los gritos antes del postre. Así que ¿por qué no te quedás y escribís la nota en mi computadora y cuando vuelvo me la leés? De paso me va a venir bien porque seguro que voy a estar deprimida.

Me indicó lo que había para cenar en la heladera, se bañó en un santiamén y después siguió brindándome instrucciones desde el cuarto, mientras se vestía.

Recostada en el sillón yo la miraba. Hay pocos espectáculos de la vida cotidiana tan seductores como ver adornarse a una mujer que va al encuentro de su amado. Una vez me confesó que los hombres le decían que tenía cuerpo de nena.

—¿Y si no se pelean en el postre? —grité para que me oyera.

—¡Ah, no! —contestó ella—. Aunque no nos peleemos que ni sueñe con tenerme hoy en su cama. Que espere. Que sufra como me hace sufrir y esperar a mí.

Me dio un sonoro y perfumado beso y salió ondulando con levedad las caderas. Oí el taladrar de sus tacos de aguja en el pasillo mientras esperaba, por lo visto ansiosamente, el ascensor.

Me senté a la computadora. Mucho cinc y literatura, pensé, y escribí:

"Los relatos de los hombres y mujeres extraliterarios son menos grandiosos. Suele condensarlos un lamento:

—No me llamó."

Estuve a punto de detenerme a leer cada palabra, como suelo hacer, pero de pronto decidí seguir hasta el final sin censurar lo que se me fuera ocurriendo; con eso, al menos obtendría un borrador sobre el que después podría seguir trabajando. Continué.

"En caso de ausencia del llamado prometido es inútil verificar el buen funcionamiento de la línea telefónica o conjeturar que a él lo pudo haber pisado un camión. La única respuesta para eso es que una se enamoró del sujeto equivocado.

"Quiero destruir en este mismo instante la falacia de que solamente las mujeres buscan casarse. Los hombres también y hasta diría que con mayor ahínco. La dificultad consiste en que nadie sabe muy bien con quién quiere pasar eso que llaman el resto de la vida.

"Cuando Nietszche, después de abrazarse a un caballo, ingresó en el manicomio de la Universidad de Jena, declaró, entre otras insensateces, estar casado con Cosima Wagner, o sea con la esposa de su mejor amigo.

"Es que el amor vuelve loco a cualquiera, y hasta un filósofo tan serio como Hegel supo llamar Amor en sus trabajos de juventud a lo que después denominó Concepto.

"El amor entre los matrimonios de extensa trayectoria es un mundo aparte, además de un milagro. Esfuerzo vano es preguntarles cómo hicieron. Ese tipo de saber no se transmite.

"Que nadie se salva del amor lo prueba una de las fábulas acerca de su origen:

"Cuenta Aristófanes que el macho fue en principio descendiente del sol; la hembra de la tierra; y el que participaba de ambos sexos de la luna. En los tiempos antiguos no necesitaban del amor y eran tan fuertes que atentaron contra los dioses. Entonces Zeus los partió en dos y les acomodó los órganos sexuales en la espalda con lo que cada parte empezó a añorar su otra mitad. Se rodeaban con sus brazos, se rozaban las bocas y se morían.

"Entre compadecido y horrorizado, el padre olímpico rehizo la tarea de modo de dejarlos como hoy son y confiando en que *con la hartura del contacto tomaran un tiempo de descanso, centraran su atención en el trabajo y se cuidaran de las demás cosas de la vida. Desde tan remota época es el amor de los unos a los otros connatural a los humanos, reunidor de la antigua forma y trata de hacer un sólo ser de los dos y curar a la naturaleza humana.*"

Hasta ahí me parecía que iba saliendo bastante pasable pero las horas avanzaban y mi amiga no volvía. Ya resultaba evidente que no se habían peleado antes del postre y que a esa altura, como diría mi mamá, andarían revolcándose en la cama.

Releí lo que había escrito mientras iba intercalando lo sucedido esa tarde. Dejé pendiente el final a la espera de que el regreso de mi amiga me proporcionase algún detalle de color, obviamente rojo.

Sólo que mi amiga no volvió por varios días, la llave se la dejé al portero porque ni siquiera me llamó por teléfono, lo que indicaba a las claras que se la estaba pasando de película.

La otra posibilidad era que a partir de nuestra charla entre copas de Fresita mi amiga lo hubiera convencido de tomar alguna decisión fatal.

Pero no. Tiempo después volvió a quejarse amargamente en mi oreja:

—Se borró de nuevo.

—¿Otra vez? —dije yo, mientras pensaba que por suerte la nota ya estaba publicada y además: ¿qué otra cosa es el amor sino eso? Una hamaca roja que oscila entre el cielo y el infierno. En caso contrario resultaría aburridísimo.

CECILIA ABSATZ
Azul Profundo

CECILIA ABSATZ nació en Buenos Aires en 1943. Es escritora, periodista y traductora. Publicó los siguientes libros: *Feiguele y otras mujeres*, *Té con canela*, *Los años pares*, *Mujeres peligrosas*. *La pasión según el teleteatro* y *Dónde estás amor de mi vida que no te puedo encontrar*. "Azul profundo" es un cuento inédito.

Esas fiestas de diciembre, cualquier cosa es un pretexto para celebrar. A cierta altura se concentra tanto el insumo eléctrico de miradas y movimientos estratégicos que una querría desaparecer de ahí mágicamente y en un parpadeo privado aparecer metida en su propia cama. Ahorrarse así la parte crucial de la cuestión, es decir, irse. Cómo irse, con quién irse y, lo que es más importante de todo, cuándo irse.

Algunos consejos para irse de una fiesta:
a. No seas la primera. (La segunda sí, cómo no, con todo gusto.)
b. Bajo ninguna circunstancia seas la última.
c. Si las cosas no salieron como querías, no te quedes remoloneando a la espera de un milagro. Vete. Es difícil, un paso al vacío, un vahído, pero una vez en la calle se respira mejor.

Rebeca salió de la fiesta con paso decidido. Saludó animadamente a todo el mundo como quien sabe muy bien lo que hace, y partió jugándose la vida.

Un momento después Tato salió detrás de ella (bien) y la alcanzó en la vereda, cuando metía la llave en la puerta de su auto. Rebeca lo miró tratando de no sonreir y le hizo un gesto con el mentón, subí.

La última media hora, en la reunión, él había estado hablando con una rubia, una especie de Gwyneth Paltrow con un vestidito de crèpe de chine rosado. Mujeres frágiles: un peligro. Y era Tato el que hablaba. Animadamente. Ah no. No nos habría importado verlo bailar con otra, pero una charla animada a un costado era intolerable.

Pero él salió detrás de Rebeca, con el saco en la mano, y la buscó.

No cruzaron palabra mientras ella hacía sus breves rituales: la cartera debajo del asiento, cinturón, luces y arranque.

Pero el auto no arrancó.

Oh no, John.

Era un Clio, el segundo. Dios la castigó por haber cambiado el primero, el rojo, que era perfecto. Pero a ella le preocupaba tener un auto que ya tenía cinco años. Se convenció a sí misma con toda clase de explicaciones sobre la capitalización y el deterioro de los materiales, y lo cambió por otro idéntico, último modelo, gris metalizado esta vez, que se dedicaba sistemáticamente a dejarla de a pie.

Ella era de Renault como quien es de San Lorenzo, pero esto ya era grave. De entrada nomás, domarlo le costó mucho tiempo, mucho dinero y muchos disgustos. Y aunque en apariencia todo funcionara, la mitad de las veces se negaba a arrancar. Sin motivo alguno, pura histeria.

Por lo general ella se lo tomaba con razonable filosofía. Sólo una vez le pegó una patada a la rueda y se manchó en forma irreversible un divino zapato de gamuza beige. Pero que el auto no le arrancara después de haber vencido en esa sorda batalla con Gwyneth Paltrow en la fiesta era injusto. Ella estaba ahí como una idiota preocupándose por el auto, con Tato Welsh sentado a su lado.

—Una mujer como vos no debería tener auto —dijo Tato, mirando frente a sí la calle oscura. Rebeca no recordaba haber dicho nada en voz alta, de modo que se sobresaltó.

Lo miró con lo que sin ninguna duda debe haber sido una mirada estúpida. El problema cuando a una le gusta un hombre es que se porta como una estúpida: por lo general se queda muda, y no con ese divino silencio tipo Greta Garbo, sino palurda irremediable con nada atinado para decir. Y si una no se queda muda se vuelve un poquito estridente y gesticula demasiado, como cuando habla un idioma que no domina. En este caso Rebeca se quedó muda.

—No, no deberías tener auto —ratificó Tato—. Te hace demasiado independiente, demasiado inalcanzable. Si tenés auto sos vos la que lleva a los otros hasta su casa y después se vuelve sola.

¿Se vuelve sola? *Dios mío.*

—Vos sos una mujer, tendrías que estar más disponible, más vulnerable, más… accesible. Este auto te protege tanto que no hay manera de llegar.

Se hizo un silencio. Rebeca había abandonado sus intentos de arrancar el auto. Unas personas salieron del edificio, pero ninguna era Gwyneth Paltrow.

—Bueno —dijo entonces Rebeca—, abandonémoslo.

Salieron del auto y se tomaron un taxi.

* * *

Rebeca miró la hora con alguna impaciencia y venció la tentación de abrir el diario. Tenía su filosofía con respecto a la conducta en los taxis:

a. Nunca leas nada en un taxi: el chofer se va a pasar "porque estaba distraído" y el viaje va a salir más caro y más largo.

b. Si el chofer es extremadamente simpático y conversador, vigila el reloj, seguro que está acelerado.

El taxi avanzaba penosamente por Viamonte y se detenía en cada luz amarilla como si tuviéramos la vida por delante. Por fin llegaron a la peluquería. Piero estaba apenas comenzando un brushing: media hora por lo menos y no había forma de eludir la cosa. Hoy su jefe, Memelsdorff, le iba a presentar al Dr. H., el jefe de todos los jefes. Acá Rebeca podía leer tranquila el diario, pero antes estaba el *Para Ti*, lo primero es lo primero.

—¿Me permite el diario? —Era un hombre, que al parecer esperaba su turno también. Perfecto traje y corbata, parecía un poco fuera de lugar en la peluquería.

—Bueno, no —dijo Rebeca—. Sabe qué pasa, todavía no lo leí.

—Entiendo —dijo el hombre, pero se quedó mirándola.

—Es una debilidad que tengo —Rebeca se sintió en la obligación de agregar—: No me gusta que nadie abra el diario antes que yo. Me ha costado un par de novios y una mucama.

—Tiene razón —dijo el hombre con toda seriedad—. Hay que tener claras las prioridades en la vida.

Rebeca apartó la mirada del *Para Ti* (Un jardín de invierno ganado al balcón) y lo miró con los ojos entrecerrados por la suspicacia. Después de un momento y sin decir palabra le alcanzó el diario y volvió a la revista.

Ese fue el comienzo de una bella amistad. El hombre, llamado Villa, se dedicaba a la compraventa de autos usados.

—No me diga. Yo tengo un auto abandonado por ahí. ¿No quiere venderlo?

—¿Un auto abandonado? ¿Qué quiere decir?

Villa no podía creer que Rebeca hubiera dejado un Clio nuevo abandonado en una calle de Palermo hacía ¿dos, tres meses? Algo así. ¿Tenía algún problema? No arrancaba. ¿Eso es todo? Bueno, es una larga historia. Villa miró a su alrededor como si buscara una respuesta en alguna parte. Nadie le prestó atención. Va a haber que cambiarle la batería, eso es seguro. ¿Estás segura de querer venderlo? Ya se tuteaban, la situación lo merecía. Debo tener las llaves por aquí en alguna parte, dijo Rebeca mientras metía la mano en su cartera abismal.

Veintidós días más tarde Villa la llamó por teléfono e hicieron una cita en el bar contiguo a la peluquería, tal vez por cábala. Rebeca apenas prestó atención al relato del hombre y los papeles que le daba. Después de descontar gastos y comisiones, le entregó una buena cantidad de dinero y una fuerte recomendación de hacer el trámite de la transferencia, que ella por supuesto olvidó al instante. Rebeca estaba feliz e invitó el café.

* * *

Poco después de aquellas navidades Tato Welsh se fue a Seattle a un congreso de arquitectos y no volvió nunca más. Rebeca pensaba en él cada vez que buscaba un taxi. Extrañaba su auto con desesperación. Ahora era una chica accesible y vulnerable que no conseguía taxi. Marzo tórrido en Buenos Aires: la gente loca y el pavimento derretido por el sol. Rebeca fue a la oficina en colectivo.

Memelsdorff, su jefe, la esperaba con buenas y malas noticias. La mala noticia era que esa tarde tendría que hacer sola la presentación de Furmann (cliente principal de la agencia) porque él tenía que ir a Madrid por diez días.

¿Esa es la mala noticia? Rebeca puso una cara neutra y se reservó su comentario.

La buena noticia era que le dejaba el auto. Memelsdorff viajaba con su mujer y no quería dejar el auto al alcance de su hijo de diecisiete años.

Rebeca se dejó puesta su cara neutra. Tenía muchas leyes para su vida de trabajo, pero en este caso sólo pensó en una:

a. No beses a tu jefe en la boca no importa lo que pase.

Furmann aprobó todo (por supuesto) y prácticamente no discutió las condiciones. Si había un momento para celebrar, era éste.

El auto de Memelsdorff la esperaba en el estacionamiento de la empresa, majestuoso y solitario. Era un Audi A4 azul profundo, con el tapizado de un gris sutil sutil. Oh Dios.

Rebeca accionó el aparatito a dos metros de distancia, pliqui, y las cuatro perillas de seguridad se abrieron al mismo tiempo. Oh Dios.

Entró al auto, oh Dios, y dejó que el cuero suave de ese gris sutil sutil la envolviera. Cerró los ojos, hacía rato que no sentía tanto placer. El asiento de ese auto era como el abrazo de una madre, como el pecho de un hombre, como un edredón de plumas sobre unas sábanas muy suaves, muy tirantes. El olor de la tecnología, el arrullo del futuro.

Oh Dios.

Rebeca encendió el motor, un ronroneo, y salió del estacionamiento. Con infinita cautela, el auto era enorme.

En dos minutos exactos se sintió como si toda la vida hubiese manejado autos de ese tamaño. Tomó el bajo, Figueroa Alcorta, el río. Puso música, aire acondicionado, se dejó, se dejó. Nunca se sintió más vulnerable, más disponible.

Si no miraba el tablero ni se daba cuenta de que iba a ciento sesenta kilómetros por hora. Cómo pudo vivir dependiendo de los taxistas con sus radios estridentes. Con su olor a tabaco y desinfectante.

Se sintió protagonista de todos los avisos publicitarios. Alta y bella. Ay, Tato, existen tantas formas de ser accesible.

Los diez días pasaron también a toda velocidad. Rebeca devolvió el auto perfectamente lavado y con el tanque lleno. Rebeca es un caballero.

Más tarde, en su escritorio, tomó el teléfono y pensó un instante. ¿Un minicooper? ¿Soportaría tanta sensualidad? No. Esto no era una aventura sino matrimonio. Llamó a la agencia de siempre y preguntó cuáles eran los colores nuevos del Megane.

Rosa Montero
Los besos de un amigo

Rosa Montero nació en Madrid en 1951. Es narradora y periodista. Publicó las novelas *Crónica del desamor*, *La función delta*, *Te trataré como a una reina*, *Bella y oscura*, y *La hija del caníbal* (Premio Primavera de Novela 1997). Es autora además de los libros *Amantes y enemigos*, *Pasiones* e *Historias de mujeres*. "Los besos de un amigo" pertenece a su libro de cuentos *Amantes y enemigos* (1998).

Se llamaba Ruggiero y era vecino de Ana: ella vivía en el segundo y él en el sexto. Ruggiero era italiano, periodista, corresponsal en España del *Corriere della Sera*. Tenía treinta y cinco años, una esposa llamada Johanna y tres niños pequeños, lindos y rubísimos. Cuando salían juntos y te los encontrabas en el portal, tan guapos y educados, parecían un anuncio publicitario. Toda esa opulencia familiar, en fin, colocó a Ana desde el mismo principio en desventaja.

Y no es que la vida de ella estuviera desprovista de cosas, ni mucho menos. En su profesión estaba atravesando momentos muy dulces. Era restauradora, y había conseguido convertirse, pese a ser mujer, en un *chef* de prestigio (no hay un ejemplo más despiadado de machismo que el hecho de que las mujeres sean siempre las cocineras de tropa, mientras que el generalato de los *chefs* es ocupado por los varones); había conquistado una estrella Michelin, un puñado de premios, estupendas críticas. Además le gustaba escribir y publicaba una sección no de recetas, sino de artículos sobre gastronomía, en uno de los diarios nacionales. Era lo que la gente entiende por una persona triunfadora. Ahora bien, el éxito profesional no es un talismán; aunque endulza la vida, no te garantiza una protección total contra la pena negra. El mejor cocinero del mundo, por ejemplo, puede ser un maníaco depresivo que desee morir tres veces cada noche.

Pero Ana no deseaba morirse y en general tan sólo se deprimía muy de cuando en cuando y decentemente, esto es, en niveles poco desmesurados y manejables. En sus cuarenta y cinco años de existencia había convivido con varios hombres, se había desvivido por unos cuantos más y al cabo había decidido dejar de hacerles caso. Digamos que había llegado a la certidumbre de que el amor era algo de lo que uno puede prescindir para vivir. Mejor dicho: había descubierto que prescindir del amor era justamente lo que le permitía vivir. Esta solución más o menos drástica no se le había ocurrido únicamente a ella. En realidad había visto que varios de sus conocidos negociaban su existencia de ese modo. Eran personas que tenían muchas actividades y muchos amigos; salían, entraban, viajaban. Pero en el horizonte de sus vidas ni siquiera despuntaba la inquietud amorosa.

Nunca les preguntó —es algo tan privado— cómo se las arreglaban con sus cuerpos; esto es, si la piel no les exigía el contacto con otra piel ajena; y si en la soledad de sus camas, de madrugada, no se hubieran dejado matar en ocasiones por un beso en los labios. Pero no, parecían arreglárselas muy bien; y estaban serenos, mucho más serenos, desde luego, que aquellos que aún no habían claudicado. Claro que no hay nada más sereno que un cadáver: el *rigor mortis* proporciona una tranquilidad definitiva. Tal vez el malentendido resida en creer que la vida puede ser serenidad.

Hay que reconocer que Ana nunca consiguió alcanzar esa distancia impávida. En sus peores momentos, de madrugada, cuando el insomnio hacía de su cama un tormento, las manos le abrasaban de ansias de tocar. Pero durante el día se las apañaba para vivir tranquila; y muchas noches era capaz de deslizarse al sueño dulcemente, mientras imaginaba con qué salsa podría convertir un trozo de bacalao en una obra de arte. Era la sensualidad feliz de una boca golosa contra la sexualidad doliente de unos labios ansiosos. Mal que bien, yo diría que incluso más bien que mal, se las iba arreglando con la renuncia al hombre. Pero entonces llegó Ruggiero con sus años de menos y su familia de más, y se le vino abajo el tenderete.

Se lo encontró por las escaleras el mismo día que se mudaron, muy alto, atlético, con el pelo rubio y los ojos azules, imposible creer que era italiano (pero procedía del norte, de Milán). Le llamó la atención su mera guapeza, su sonrisa de niño un poco ajado (pero si él estaba ajado, entonces ella...); porque se había retirado de los hombres, pero no era ciega. A las pocas semanas empezó a coincidir con él en el autobús, siempre a las nueve de la mañana, cuando él iba a la delegación de su periódico y Ana a revisar la compra diaria hecha por su ayudante. Se sonreían, a veces se saludaban, en ocasiones caían cerca el uno del otro y entablaban pequeñas conversaciones amigables, a medias en italiano y a medias en español, chapurreos bienintencionados y divertidos, porque Ruggiero, pronto se dio cuenta Ana, tenía un gesticulante y agudo sentido del humor; y ella sentía debilidad por los tipos ingeniosos. Toda su vida se había enamorado de hombres muy graciosos que la habían hecho llorar.

Pasó un mes, y luego otro, y así hasta medio año; y para entonces Ana empezó a descubrirse unos extraños comportamientos matinales: a veces, lenta y alelada, deambulaba sin rumbo fijo por la casa durante largo rato; y a veces se aceleraba histéricamente, se atragantaba con el café, se le caían las cosas. Al fin no tuvo más remedio que reconocer que todo eso no eran sino mañas, maniobras horarias para llegar al autobús justo a las nueve y coincidir así con el vecino. Y, en efecto, él siempre se encontraba allí, o casi siempre. E incluso parecía buscarla. "He venido toda la semana a la misma hora, pero no estabas", le dijo una vez, tras un pequeño viaje de Ana a Londres. Ella era autosuficiente, ella era una mujer retirada del mercado, ella era un iceberg: pero empezaban a derretírsele las láminas de hielo. Cómo la miraba Ruggiero: con qué ojos de interés y de seducción. Y con qué pareja intensidad le contemplaba Ana. Los cristales del autobús siempre se empañaban en torno a ellos.

Hubieran podido seguir así durante mucho tiempo, llenando el mundo de vaho sin mayores consecuencias, de no ser por un pequeño movimiento que lo cambió todo. Un día, Ana le contó a Ruggiero que acababa de conectarse al correo electrónico; y él le envió, a la mañana siguiente, un breve mensaje: "Ciao, «bienvenita» a la Red, espero que te «divertas» con este juguete". Por entonces, siendo novata como era, Ana ignoraba los efectos fatales del *e-mail:* lo digo en su descargo. Empezó a teclear carta tras carta sin darse cuenta del extraordinario sucedáneo de intimidad que el hilo cibernético iba creando. Porque el correo electrónico establece una comunicación inmaterial y limpia, instantánea, extracorpórea; es como lanzar al aire un pensamiento puro, sabiendo que alcanzará el cerebro del otro de inmediato. Es un espejismo telepático.

Si la pasión amorosa es siempre una invención, no hay como poner distancia con el objeto amado para convertirlo en algo irresistible. Quiero decir que el hecho de que Ruggiero fuera extranjero (ese idioma medio farfullado, esas frases que ella podía completar, traducir, ampliar en su cabeza) ya colaboraba activamente en la perdición de Ana; pero el *e-mail* vino a rematar la situación. Ella estaba más o menos preparada para defenderse de su propio deseo cuando se encontraba cara a cara con los hombres, pero no supo manejar al Ruggiero cibernauta; o, mejor dicho, no supo controlarse a sí misma cuando soñó a Ruggiero al otro lado del opaco silencio electrónico. Asomada a la dócil ventana de su ordenador, Ana inventaba palabras cada vez más atrevidas para un Ruggiero cada vez más inventado. "A veces, cuando estamos juntos en el autobús, tengo la tentación, siempre reprimida, de poner mi mano sobre tu pecho y sentir, a través de la tela de tu camisa, la firme tibieza de tu carne", le dijo un día, entrando en materia. La frase debió de impresionar a su vecino, porque, a la mañana siguiente, la miró de una manera extraña. Ese día el autobús iba muy lleno; ellos se habían quedado atrás, juntos y aplastados contra el cristal del fondo. Ruggiero siempre se bajaba cuatro paradas antes; y aquella mañana, cuando ligó a su destino, le besó, a modo de despedida, ambas mejillas; pero después titubeó un momento y se demoró un instante sobre los labios de ella. Apenas si fue un leve roce: esos calientes y desnudos labios de hombre, esa boca un poco entreabierta, esa fisura mínima, ese precipicio en donde todo empieza y todo termina.

Ana creyó que aquello era el comienzo, pero era el fin.

Galvanizada por ese aperitivo de lo carnal, fue cediendo más y más al espejismo amoroso y cibernauta, hasta perder pie completamente. Le enviaba ardorosas cartas electrónicas, sin querer advertir que él se iba arrugando más y más con sus embestidas verbales. Los mensajes de Ruggiero eran cada vez más breves, más secos, más tardíos. Pero ella no asumió como afrenta sus retrasos, ni su creciente austeridad expresiva: es pasmoso lo mucho que aguantamos, en el amor, cuando estamos dispuestos a mentirnos. Estará ocupado, tendrá mucho trabajo, es tímido, no puede expresarse bien en castellano, teme herirme, estos italianos del norte son como alemanes y no saben mostrar sus emociones, se consolaba ella. Pero no, de los teutones Ruggiero sólo tenía el color de su pelo; en lo demás era latino y jacarandoso y expresivo, y tan coqueto como un siciliano retinto. Por eso al principio hizo ojitos con Ana y sonrió con su cara irresistible de niño un poco ajado (pero entonces ella…); y fue luego, a medida que la desmesura de la necesidad de la mujer fue cayendo sobre él como gotas de plomo derretido, cuando se fue achicando. El amor es un juego de vasos comunicantes; y cuanta más presión apliques sobre el líquido emocional en este extremo, más se desbordará por el otro lado. A Ruggiero le daba miedo la pasión de Ama; y le inquietaba su situación, esa tópica soledad de persona sin pareja y sin hijos, ese desequilibrio frente a Johanna y los lindos niñitos; adónde voy, estaba diciéndose Ruggiero, en menudo lío me estoy metiendo.

De modo que a veces empezó a faltar a la cita del autobús de las nueve; y, cuando iba, los trayectos comenzaron a convertirse en algo embarazoso. Allí, a la cruda luz de la mañana, entre el sudor y el olor a sueño de los otros viajeros, zambullidos en la mera realidad, ya no sabían de qué hablar, cómo mirarse, qué hacer o qué decir; tanto los había sobrepasado, en su atrevimiento, la escritura y el ensueño cibernético. Es decir, la escritura de ella; porque Ruggiero hacía malabarismos con sus cartas para quedarse siempre en un perfecto limbo entre lo cariñoso y lo remoto, y nunca terminaba sus mensajes con nada más caliente ni más íntimo que un muy cauteloso "cuídate".

Y, mientras tanto, Ana proseguía su descenso a la total indignidad con las velas al viento.

Qué extraña enfermedad es la pasión. Desde niños llevamos en el ánimo un dolor, una herida sin nombre, una necesidad frenética de entregarnos al Otro. A ese Otro, que está dentro de nosotros y no es más que vacío, lo intentamos encontrar por todas partes: nos lo inventamos en nuestros compañeros de universidad, en el colega de trabajo, en nuestro vecino. Como Ana y Ruggiero. Ahora bien, cuando ese perfecto extraño no responde a nuestra necesidad y nuestra fabulación, entonces nos embarga la tristeza más honda y más elemental, esa desolación que Dios debió de crear en el Primer Día, tan antigua es y tan primordial. Desciende la melancolía del desamor sobre nosotros como una lluvia de muerte sólo comparable a la del Diluvio Universal; porque igual de tristes y de excluidos y de condenados a la no vida debieron de sentirse, cuando aquella hecatombe, todos los seres que no encontraron plaza en el Arca de Noé. Aupados a una última colina que en pocas horas también se anegaría, las criaturas no admitidas contemplarían con desgarradora nostalgia cómo se alejaba la barca salvadora, toda ella repleta de parejas. Las felices e inalcanzables parejas de los otros.

Ana también miraba cómo Ruggiero se iba apartando de ella acompañado de su mujer y sus hijos, de todas esas cosas que él tenía y con las que había llenado su Arca de Noé particular; y, mientras le veía desaparecer en el horizonte, ella iba cumpliendo una vez más todas las etapas habituales de la infamia. Por citar unas cuantas: rogó. Suplicó. Le juró que dejaría de escribirle. Se desdijo. Le juró que dejaría de quererle. Se desdijo otra vez. Si no había llegado para el autobús de las nueve, se esperaba hasta el de las nueve y media para ver si venía (aunque lloviera o tronara o granizara o soplara un vendaval insoportable). Incluso empezó a ir al autobús de las ocho y media, por si acaso él se levantaba antes (aunque soplara un vendaval insoportable o tronara o lloviera o granizara). Y además: cada vez que veía el nombre de Ruggiero en los buzones del portal le entraba taquicardia. Cada vez que oía o leía o veía algo relacionado con Italia le abrumaba el desconsuelo. Cada vez que caía un periódico en sus manos creía morir de añoranza aguda. Inventó platos seudoitalianos para homenajearle secretamente en la distancia: Provolone al Corriere della Sera, Espinacas Milanesas Rugientes; tanto los empleados del restaurante como los clientes estaban turulatos ante lo estrafalario de los actos de Ana. La gente no entendía, no podía saber que, por entonces, ella no tenía otro afán en la vida que el de embarcarse en el antiguo viaje, el único que en verdad merece la pena realizar, ese viaje que te conduce al otro a través del cuerpo. Porque no hay prodigio mayor en la existencia que la exploración primera de una piel que se añora y se desea. Conquistar el cuello del amado con la punta de los dedos, descubrir el olor de sus axilas, zambullirse en el deleite del ombligo, adentrarse en el secreto de esa boca entreabierta como quien se aventura en la inexplorada Isla del Tesoro.

De manera que Ana siguió haciendo el ridículo durante algunos meses.

Hasta que una madrugada, en un momento de lucidez, o quizá de hastío, o probablemente temiendo haberle hecho mala impresión con tantas quejas, le mandó una carta razonable a su vecino. Estoy contenta con mi vida, le venía a decir; no me importa que no hayas respondido a mis avances, se sugería entre líneas. Y terminaba, magnánima y airosa, enviándole un "casi amistoso beso". Ruggiero le contestó a la mañana siguiente, con una celeridad y una expresividad insólitas en él desde hacía mucho tiempo. Su carta, larga, locuaz, chistosa, estaba llena de alivio y de palabras afectuosas: "Qué bien que estás contenta, yo soy contento si tu estás feliz", decía. Y al final se despedía con unos inesperados "besos amistosos".

Ana hubiera querido matarle.

Fue la estocada final, la herida última; ella había

sobrellevado su creciente frialdad, su desatención y sus retrasos, pero lo que ya no podía soportar era todo ese afecto equivocado. ¿De modo que durante meses le había sido tan difícil escribir en sus cartas una miserable expresión cariñosa (todos esos petrificados circunloquios del "cuídate") y ahora era capaz de pasar, de la noche a la mañana y tan fácilmente, a los exuberantes besos amistosos? Pero, entonces, ¿no había sido timidez, no había sido represión emocional, no había sido diferencia cultural, sino que simplemente nunca la había mirado como Ana había querido que la mirara? El rugiente Ruggiero no rugía para ella.

"Me mandas besos amistosos, y deduzco por ello que a lo mejor pretendes ser mi amigo. Pues lo siento mucho, Ruggiero, pero ya ves, tengo amigos de sobra y ni necesito ni me interesa entablar una amistad con nadie más. O, por lo menos, no tengo ningún interés en hacerlo contigo. ¡Ah! Por cierto: cuídate." Este texto escribió Ana, este texto envió como última carta de su precaria historia.

Y a partir de entonces, muy furiosa y muy digna, empezó a coger el autobús de las nueve y media.

SUSANNA TAMARO

Donde el corazón te lleve
(fragmento)

Susanna Tamaro nació en Trieste, Italia, en 1957. Es escritora y cinematógrafa. Publicó los libros *La cabeza en las nubes* (Premio Elsa Morante), *Para una voz sola* (Premio del Pen Club Internacional), *Donde el corazón te lleve*, *Animal mundi*, *Querida Mathilda*, *El misterio y lo desconocido*, *Respóndeme* y *Más fuego, más viento*. "22 de diciembre" pertenece a su novela epistolar *Donde el corazón te lleve* (2000, traducción del italiano por Atilio Pentimalli Melacrino).

22 *de diciembre*

Hoy, después de desayunar, fui al cuarto de estar y empecé a preparar el nacimiento en el sitio de siempre, cerca de la chimenea. Como primera medida dispuse el papel verde, después las planchas de musgo seco, las palmas, el cobertizo con San José y la Virgen dentro, el buey y el asno, y alrededor la multitud esparcida de los pastores, las mujeres con ocas, los músicos, los cerdos, los pescadores, los gallos y gallinas, las ovejas y carneros. Sobre el paisaje, con una cinta de papel adhesivo tendí el papel azul del cielo; la estrella cometa me la metí en el bolsillo derecho de la bata, en el izquierdo los tres Reyes Magos; después me dirigí al otro extremo de la habitación y colgué la estrella sobre el aparador; debajo, un poco aparte, dispuse la hilera de los Reyes con sus camellos.

¿Te acuerdas? Cuando eras pequeña, con el furor de la coherencia que caracteriza a los niños, no soportabas que la estrella y los tres Reyes estuviesen desde el primer momento cerca del belén. Tenían que estar alejados y acercarse lentamente, la estrella un poco antes y los tres Reyes inmediatamente detrás. De la misma manera, no soportabas que el Niño Jesús estuviese en el pesebre antes de tiempo, y, por lo tanto, lo hacíamos planear desde el cielo hasta el establo a la medianoche en punto del día veinticuatro. Mientras acomodaba las ovejas sobre su alfombrilla verde, volvió a mi mente otra cosa que te gustaba hacer con el nacimiento, un juego que te habías inventado y que nunca te cansabas de repetir. Me parece que, al principio, te habías inspirado en la Pascua. Efectivamente, al llegar la Pascua teníamos la costumbre de esconderte en el jardín los huevos pintados. En Navidad, en vez de huevos, tú escondías ovejitas: cuando yo no me daba cuenta atrapabas alguna del rebaño y la ocultabas en los sitios más inverosímiles, después te me acercabas, dondequiera que estuviese, y empezabas a balar con acento de desesperación. Entonces empezaba la búsqueda, yo dejaba lo que estuviera haciendo y contigo pisándome los talones entre risas y balidos daba vueltas por la casa diciendo: "¿Dónde estás, ovejita extraviada? Deja que te encuentre y te ponga a salvo".

Y ahora, ovejita, ¿dónde estás? Estás allá lejos mientras escribo, entre los coyotes y los cactus; cuando estés leyendo esto, probablemente estarás aquí y mis cosas ya estarán en el desván. Mis palabras, ¿te habrán puesto a salvo? No tengo esta presunción, acaso tan sólo te hayan irritado, habrán confirmado la idea ya pésima que de mí tenías antes de marcharte. Tal vez sólo puedas comprenderme cuando seas mayor, podrás comprenderme solamente si has llevado a cabo ese misterioso recorrido que conduce desde la intransigencia a la piedad.

Piedad, fíjate bien, no pena. Si sientes pena, yo bajaré como esos duendecillos malignos y te haré un montón de desaires. Lo mismo haré si en vez de ser humilde eres modesta, si te emborrachas de cháchararas en vez de quedarte callada. Estallarán las bombillas, los platos se caerán de los estantes, las bragas irán a parar a la araña central, no te dejaré tranquila desde el amanecer hasta bien entrada la noche, ni un solo instante.

No es cierto: no haré nada. Si estás en alguna parte, si tengo la posibilidad de verte, sólo me sentiré triste tal como me siento cada vez que veo una vida desperdiciada, una vida en la que no ha logrado realizarse el camino del amor. Cuídate. Cada vez que, al crecer, tengas ganas de convertir las cosas equivocadas en cosas justas, recuerda que la primera revolución que hay que realizar es dentro de uno mismo, la primera y la más importante. Luchar por una idea sin tener una idea de uno mismo es una de las cosas más peligrosas que se pueden hacer.

Cada vez que te sientas extraviada, confusa, piensa en los árboles, recuerda su manera de crecer. Recuerda que un árbol de gran copa y pocas raíces es derribado por la primera ráfaga de viento, en tanto que un árbol con muchas raíces y poca copa a duras penas deja circular su savia. Raíces y copa han de tener la misma medida, has de estar en las cosas y sobre ellas: sólo así podrás ofrecer sombra y reparo, sólo así al llegar la estación apropiada podrás cubrirte de flores y de frutos.

Y luego, cuando ante ti se abran muchos caminos y no sepas cuál recorrer, no te metas en uno cualquiera al azar: siéntate y aguarda. Respira con la confiada profundidad con que respiraste el día en que viniste al mundo, sin permitir que nada te distraiga: aguarda y aguarda más aún. Quédate quieta, en silencio, y escucha a tu corazón. Y cuando te hable, levántate y ve donde él te lleve.

LILIANA HEKER

La Sinfonía Pastoral

LILIANA HEKER nació en Buenos Aires en
1943. Es narradora y periodista. Publicó
*Los que vieron la zarza, Acuario, Un resplan-
dor que se apagó en el mundo, Las peras del
mal, Zona de clivaje* y *El fin de la historia*. "La
Sinfonía Pastoral" está incluido en su libro
de relatos *Las peras del mal* (1982).

Yo estaba cabeza abajo y tenía dos problemas. El primero era de carácter existencial: por qué razón, a los treinta y dos años y en pleno deslumbramiento (no precisamente de la adolescencia, más bien el frío deslumbramiento de comprender que nunca más la Edad Dorada y que la alegría de crear, en adelante, la inventaremos con dolor cada mañana o estamos fritos), por qué razón, decía, ante la puerta misma de Mi Porvenir, yo estaba realizando un acto de tan pocas aplicaciones aun para la vida diaria como es hacer la vertical. El segundo problema era más bien técnico: no tenía ni la más pálida idea de cómo volver a mi posición habitual.

Debo aclarar que estaba en una clase de gimnasia. Para ir hasta el fondo de la cosa: se trataba de una primera clase de gimnasia rítmica-modeladora. También debo aclarar que aun con los pies sobre la tierra nadie podrá afirmar de mí que soy una paloma mensajera;

127

bruscamente invertida, mi situación se había agravado, ya ni siquiera podía asegurar algo que siempre me resultó muy claro: cuál era mi "adelante" y cuál era mi "atrás". *Y si bajo las piernas para el lado que no es, me quiebro.* Lo pensé con bastante inquietud: tengo el don innato de la dirección errónea, era probable que me ocurriera esa desgracia. Felizmente no se podía decir que estuviera incómoda y estar cabeza abajo hace bien al cutis, en algún lado lo leí. Lo esencial, sin embargo, era la satisfacción moral, el triunfo sobre mis límites naturales: yo había superado mi miserable estado bípedo. Uno a cero, bien. A veces tengo la sensación de ser una especie de bofe pensante dejado en el mundo, sin forma ni destino pero con infinitas posibilidades: tener una cara, escribir libros, hacer la vertical. Me miro seguido en los espejos para poder parecerme a mí misma, la nariz me creció al azar porque la perdí de vista: de haber tenido en mi casa un botiquín con tres puertitas otros gallos cantarían. De modo que estar cabeza abajo podía, de alguna manera, considerarse como una misión cumplida; a su tiempo veríamos cómo resolver el segundo problema. En estas cavilaciones andaba cuando la profesora habló.

—¿Qué tal están mis micifuces? —dijo con jovialidad.

El optimismo de su voz me pareció exagerado dada la situación. De reojo miré al micifuz (malla vio-

leta) que estaba haciendo la vertical a mi lado: debía
pesar lo menos setenta y cinco kilos.

Hice gala de buen humor.

—Se está bien —dije—. Lo bravo ha de ser ende-
rezarse, ¿no?

La de malla violeta, supongo que sin otro fin que
el de humillarme, bajó ruidosamente sus piernas. *Entonces es para allá,* deduje sin rencor, y dejé caer mis
piernas hacia el mismo lado en que lo había hecho
esa vaca. O al menos lo pretendí. Porque estaba no-
tando que mis piernas se dirigían con espontaneidad
hacia el lado que no era. Parezco Alicia en el País del
Espejo, pensé. Ser tan culta en la adversidad se ve
que me hizo bien: con total certidumbre ahora, in-
vertí el movimiento. Sentí que mis pies tocaban el
suelo, sentí que mi columna seguía intacta, y sobre
todo sentí que mi cabeza, fuente inagotable, se iba
dirigiendo, gozosa e inexorablemente, al encumbra-
do lugar que le ha sido asignado.

Me senté en la posición del loto y miré a mi alrededor. Los rostros de mis tres ocasionales compañe-
ras no daban ninguna muestra de que ellas hubieran
vivido una aventura física y espiritual tan intensa como la mía. Una chica que daba la impresión de ser
altísima y una señora con aspecto de recién salida de
la peluquería conversaban acerca de la *mousse* de limón. La de malla violeta, en cambio, miraba fijamen-

te a la profesora. La profesora, justo cuando la miré, se puso patas arriba, abrió las piernas, las cerró, las agitó, y con una ágil voltereta estuvo de pie. Después, muy sonriente, avanzó hacia nosotras, como si nada hubiera pasado.

—Así me gusta, mis micifuces —dijo—. Todas sentaditas como buenas nenas de mamá.

Por qué no te hacés una enema de puloil y te vas a escribir Safac al cielo, pensé sin grandeza. Y también pensé que algún día iba a analizar el proceso por el cual Lewis Carroll y la yerba Safac acuden con igual espontaneidad a mi mente. *Safac.* Sentí espanto. Ya no existía más la yerba Safac. Pasajeramente me abrumó el huir del tiempo.

La chica altísima había suspirado.

—Debe ser gratificante tener ese dominio de los músculos, ¿no? —dijo.

—Es como volar —dijo la profesora—. ¿Ustedes no se sienten como pájaros a veces, con ganas de abrir las alas y cruzar los aires y mirar desde lejos a los seres humanos, pobrecitos, moviéndose como hormiguitas sobre la tierra?

A juzgar por lo que entresaqué del murmullo, tanto la chica altísima como la del peinado se habían sentido muy a menudo de esa manera. En cuanto a la de malla violeta, ¿podíamos nosotras creerlo?, ella se sentía directamente un cóndor.

La profesora, se ve que alentada por sus propias palabras, se había puesto a girar en puntas de pie con los brazos extendidos. *Dónde estoy*, me dije, un poco alarmada. Parecía increíble que una mujer tan robusta pudiera girar así. Aunque "robusta" no es el término preciso. De la cintura para abajo la mujer era poderosa: tenía un trasero descomunal y piernas atléticas; de la cintura para arriba también era grande pero menos contundente. Lo de cintura, en este caso, debe ser tomado como mero lugar geométrico ya que, en el sentido que le dieron los poetas clásicos, la mujer carecía totalmente de cintura. *Eppur si muove*, pensé. No sólo el cuerpo. Ahora podía apreciarlo porque la profesora había dejado de girar y nos estaba contando algo sobre un trasplante de hortensias, episodio que ella había protagonizado en su jardincito ese último fin de semana. Lo realmente admirable era la movilidad del rostro. Mirándola, se tenía la impresión de estar contemplando una rapidísima sucesión de fotos de esas que abajo dicen entusiasmo, dolor, ira, sorpresa. Gracia Plena. Lo único rígido del conjunto resultaba el pelo. Era negro y estaba muy tirante y recogido en un rodete. Todo lo demás se movía sin la menor lógica.

Yo empezaba a impacientarme. Se supone que había pagado para asistir a una clase de gimnasia. Qué estaba haciendo allí sentada, escuchando una historia sobre hortensias, entre mujeres que no parecían tener otra preocupación en sus vidas que sentarse a oír hablar de jardincitos. ¿No tenían otra preocupación? ¿Y yo? ¿No estaba yo también allí sentada? ¿Y qué cambiaba lo del jardincito? ¿O es que, si de pronto comenzábamos a contorsionarnos y flexionarnos y erguirnos y plegarnos, mi estar allí súbitamente se cargaría de sentido? ¿No tendría algún fundamento la opinión de ciertos hombres acerca de la ridiculez de las mujeres?

La acción me liberó del conflicto. "A trabajar, ratoncitos", había dicho la profesora, y ahora estábamos de pie ante un gran espejo.

Oí *Las Sílfides* y pensé que era natural. El rodete, claro. Y los ojos. Ojos rasgados, de loca. Ahora *Las Sílfides*. Todo era natural.

Y yo ante un gran espejo comenzando el rito. Eso también era natural. Sentirme bien a pesar de todo, alegrarme de mi imagen que todavía es capaz de moverse con cierta alegría, ¿no era eso, también, una manera de modelarse?, ¿no podía acaso considerarse como una lucha contra el azar, contra la corrupción? Schopenhauer no se habría apurado un poco, no habría extrapolado demasiado con eso de la ausencia de. Doy fe que hay como ráfagas de miedo, un vértigo infinito mirando el innumerable pozo del universo, algo como un vislumbramiento del Paraíso al escuchar la Pequeña Fuga, ganas de darme de cabeza contra las paredes, un sueño de felicidad que aparece y desaparece como una estrella fugaz. ¿Y cómo llamar a la suma de estos fenómenos? Llamémosle hache, lo cual no impedirá las ráfagas pero tampoco impedirá, he aquí la cuestión, la conciencia del cuerpo. Y no como mero receptáculo del alma, para qué nos vamos a engañar. Un cuerpo real y conflictivo y, por qué no decirlo, trascendente. Y mientras lo escribo ya sé que es una exageración decir que yo estaba en esa clase de gimnasia, entre esas hermanas edénicas, o yeguas, balanceándome y curvándome y extendiéndome absurdamente porque la Divina Providencia nos ha dotado a las mujeres de un cuerpo tan digno de atención como la Prestigiosa Alma (inventada por los hombres), pero lo cierto es que yo estaba allí balanceándome y eso no me impedía saber que a lo mejor voy a morirme sin haber dicho aquella verdad que, en momentos más prosopopéyicos, pienso que yo debo decir sobre las mujeres y los hombres. Dicho todo esto sin el menor respeto por mí misma que, a la sazón, trataba de elevarme por una cuerda imaginaria.

Porque de eso se trataba, así de compleja es la realidad. Se trataba de trepar lo más posible por una cuerda imaginaria. La profesora inflamaba la escalada con palabras de aliento.

—Más alto, mis ratoncitas. Cada vez más alto.

—Cosa que tenía un innegable valor simbólico.

Lo que viene después no es muy digno de mención, a menos que se asigne una importancia particular al contraerse y expandirse de cuatro mujeres, todo al compás de *Las Sílfides* y bien sazonado, por parte de la quinta mujer, líder del grupo, con palabras que reducían el hace poco enaltecido cuerpo femenino a una ensalada algo repulsiva de órganos defectuosos aunque maleables que, merced a la gimnasia, se tornarían bellos y sensuales.

Hasta que la música vira de Chopin a Stravinsky.

En realidad no sé si fue el viraje lo que enardeció a la profesora y al conjunto o si éste actuaba meramente como señal, y tres veces a la semana (a esta altura había comprobado que, salvo yo, todas eran habitués y la veterana era la de malla violeta: quince años sin interrupción asistiendo a las clases de la profesora), cuando la música pasaba de Chopin a Stravinsky, la profesora y las alumnas repetían el ritual.

Lo cierto es que de pronto oí una orden incomprensible.

—*Balloné à plat.*

Yo estaba intentando desentrañar el significado de esta expresión. No había llegado más allá del equivalente: *"ballon* igual pelota" y trataba de aplicar este conocimiento a las posibilidades motrices del cuer-

134

po humano cuando comenzó el desenfreno. La profesora hizo más o menos lo siguiente: flexionó una pierna y al mismo tiempo separó y levantó la otra, tomó impulso con la pierna flexionada y se proyectó hacia arriba mientras separaba mucho más la pierna estirada, cayó sobre la pierna flexionada mientras plegaba la pierna estirada y apoyaba el pie correspondiente sobre la tibia de la pierna cuyo pie ya estaba en el suelo. Todo ocurrió a gran velocidad, de modo que cuando yo me dispuse a reflexionar sobre el fenómeno la profesora lo repitió, pero esta vez invirtiendo las funciones de las piernas, mientras nos estimulaba.

—A ver, mis ratoncitas —gritaba, saltando alegremente—. Todas juntas. *Balloné à plat.*

No voy a describir lo que a partir de ese momento vi por el espejo. Basta con el ruido. El ruido no era sincrónico, ya que de ninguna manera conseguíamos caer todas al mismo tiempo; tampoco era uniforme: variaba entre el mero golpe, el golpe rotundo y el estruendo de acuerdo al peso y agilidad de cada protagonista. La profesora no parecía inquietarse por estas herejías. Al contrario: danzaba y nos miraba caer con una inmensa sonrisa. Estaba radiante.

—*Cabriole battue* —gritó de pronto.

Sintéticamente, diré que la *cabriole* consiste en dar un salto vertical, levantar una pierna para el costado, levantar la otra pierna para el mismo costado, hacerla chocar con la primera pierna, volver ambas piernas a su posición vertical, y descender. En cuanto al *battue,* fue lo que le valió a Nijinski su identificación con un pájaro, y nosotras debíamos ejecutarlo en el momento crucial en que nuestras dos piernas estaban en el aire y peligrosamente oblicuas respecto del plano del suelo. Debo aclarar que puedo recomponer estos movimientos gracias a mi memoria, a mis estudios de física, y a un manualcito sobre técnica de la danza que tengo acá en el escritorio y que enriquece mi metodología con un cierto rigor científico. Es muy probable que, de haberlos estudiado durante unos diez años, yo hubiera podido repetir estos movimientos, si no con gracia al menos con precisión. En el breve lapso que transcurrió hasta que pasamos de la *cabriole battue* a la *pirouette fouetée* no fue demasiado lo que pude aportar a la danza.

El peligro real, sin embargo, no ocurrió hasta la parte del *détiré.* El *détiré* es verdaderamente tremendo: consiste en sujetarse la planta del pie con una mano e ir estirando el brazo, y por consiguiente la pierna, hasta que quedan extendidos por completo. Esto fue, al menos, lo que hizo la profesora. Se quedó en esa posición, una cruza de garza y ballenato, mientras nos miraba sonriendo. Esperaba. Pero qué cosa esperaba. Ahí debía estar el centro de la cuestión, algo que poco a poco yo iba descubriendo. Había un placer enorme en ella, y no sólo porque se estaba manifestando ante su pequeño auditorio sino (y fundamentalmente) porque era la reina de ese auditorio. Esas mujeres la admiraban y ese rito (ahora yo podía jurarlo) se repetía tres veces por semana con los mismos movimientos, con los mismos fracasos por parte de las improvisadas bailarinas, con las mismas palabras de aliento por parte de la profesora:

—Adelante, mis pichoncitas, *c'est très facile.*

Como un sonsonete llegaba la voz de las alumnas, que desesperadas con su pie en la mano (yo también, acababa de darme cuenta, tenía mi pie en la mano y lo mantenía por una especie de disciplina, o de estoicismo, que vaya a saber lo que quería decir), bramaban su adoración por la que sí había podido estirar su pie, la artista, la todopoderosa.

Ella mantuvo triunfalmente la pierna en alto, contemplándonos (el espectáculo, lo vi en el espejo, no era honroso) y al fin emprendió una serie de *gargouillades, arabesques piqués, développés sautés, y sissonés brisses* mientras la clase también se deslizaba, batía, volaba y galopaba en un paroxismo indescriptible. En el *saut de chat* ya nada podía detenernos. Miré hacia el amplio ventanal que tenía al costado: *Ahora nos falta el final de* El Espectro de la Rosa *y estamos hechos.* Nos imaginé sin esfuerzo a todas nosotras, con la profesora a la cabeza, emprendiendo nuestro último salto consagratorio a través de la ventana y muriendo como Dios manda, qué embromar, ya lo dijo Rilke, y como emocionante nadie podrá decir que no es emocionante. Pero no, el asunto se resolvió en un *temps de flèche* realmente notable.

Y tal vez todo hubiera podido quedar en eso, tal vez unos segundos más tarde ella habría dado la orden de que nos acostáramos en el suelo y entonces hubiésemos pasado sin pena ni gloria (ni patetismo, porque la historia venía bien y nadie podía prever que en esta parte iba a empezar a ponerse patética) a los ejercicios abdominales y todo hubiera sido tan normal y saludable que esto apenas merecería recordarse.

Pero hubo una interpolación. ¿El vestigio de una suave pendiente por la que tal vez alguien puede estar despeñándose sin siquiera advertirlo? Una señal de peligro, en fin.

Empezó justo en el *emboîté,* saltito fácil si los hay, que no tenía otro propósito, la profesora lo dijo, que distender nuestros corazones y nuestras piernas y prepararnos para lo que vendría. Sencillamente, algo llegó a mí y me arrasó. Y todavía no sé si lo debo describir como una avalancha de alegría que me colmó hasta el punto de no poder ya contenerla y sentir cómo me salía por las orejas y corría por el gimnasio (tanta alegría corriendo inútilmente, sin que yo pudiera hacer otra cosa que saltar primero con un pie y después con el otro) o si debo decir que fue más bien una especie de horror, que al principio no estaba motivado por el mundo en general sino por mi imagen, a la que veía en el espejo comportándose de una manera tan extravagante cuando su corazón todavía era capaz de una de estas súbitas premoniciones. El horror motivado por el mundo vino inmediatamente después, cuando pude detectar con precisión de dónde me venía esta inesperada ráfaga de locura: la música.

—Pero esto es la *Sinfonía Pastoral* —dije con espanto.

Mi conducta era inadecuada. ¿No constituía yo misma (a quien hemos llamado La De Las Infinitas Posibilidades), contoneándome festivamente ante un espejo, una herejía suficientemente rotunda como para que, durante el resto de mi vida, me viera obligada a hacer la vista gorda ante cualquier otro amague de desorden en el universo?

De cualquier manera, a nadie pareció resultarle muy grave eso de hacer gimnasia al compás de la *Pastoral*. En cambio mi demostración de cultura tuvo su efecto. Siguieron saltando, pero sentí las miradas de respeto posarse sobre mi nuca. Muy bien, yo ya tenía mi pequeño papel en esta pequeña cofradía. Empecé a saltar.

La profesora me miraba como a una hermana.

—La música de las músicas —me dijo—. ¿A usted no le parece?

En esos casos lo mejor es decir *hmmm*, o emitir un sí muy débil, cosa de no entrar en detalles. Yo tengo decidido desde el vamos, para tranquilidad de mi espíritu, que mujeres como ésta no pueden conocer al mismo Beethoven que yo conozco, ¿no es cierto? Entonces ¿qué necesidad tenía de empezar una conversación?

—Lo que sí —dije saltando—, de "pastoral" tiene poco.

Vanidad. Era ni más ni menos que por vanidad. Debía valorizar de algún modo el pequeño rol que se me había asignado. Pero me salió el tiro por la culata. Resulta que la profesora compartía totalmente mi opinión. Más que pastoral, ella creía que debía llamarse la *Sinfonía Tempestuosa*. Hablaba, naturalmente de las tempestades del alma.

—Naturalmente —dije.

Y era justo eso lo que ella había hecho. Había encarnado en la música los desgarramientos del artista. Sólo le faltaba el arreglador.

¿Arreglador?, me pregunté. ¿De qué habla esta mujer?

—Usted ya tiene su arreglador —dijo perentoriamente, aunque jadeando, la de malla violeta.

—Pero si hace quince días que está con conmoción cerebral —dijo la profesora.

—Se va a curar —dijo con decisión la de malla violeta.

La profesora sacudió la cabeza con desaliento.

—Usted sabe que no se va a curar, Fedora —dijo—. Siempre me pasa lo mismo —me miró—. Hace diez años, una alta personalidad italiana me vio bailar. ¿Sabe lo que dijo de mí? Pueden dejar de saltar, chicas. Dijo que yo le recordaba a la Karsavina y a la Pavlova, fíjese lo que le digo. Decía que es falso lo que se cree: la Pavlova no tenía nada que hacer al lado de la Karsavina. Bueno, cuando me vio, lágrimas le corrían. Decía que yo soy igualita que la Karsavina pero tengo la suerte de ser más expresiva. Quería organizarme enseguida una gira por toda Europa. Saben lo que le pasó —me miró larga e inexpresivamente—. Se murió —dijo.

—Pero usted no tiene que tomarlo de esa manera —dijo la chica altísima.

—Yo no lo tomo de ninguna manera, querida. Digo que se murió. ¿Y el hombre de hace tres años, el que me iba a conseguir la temporada en el Colón? —sonrió mostrando los dientes; su expresión era casi de triunfo—. Se murió —dijo.

—El arreglador todavía está vivo —la alentó la de la malla violeta.

La profesora sacudió el dedo índice.

—Pero se va a morir —dijo.

—Bueno —dijo la señora peinada de peluquería—, ¿entonces sabe lo que tiene que hacer? Buscarse ya mismo otro arreglador. Yo se lo decía a mi marido y él enseguida me lo dijo. Lo que tiene que hacer, dijo, es buscarse enseguida otro arreglador.

—Usted cree que es tan fácil, querida —dijo la profesora. Hubo un silencio, que rompió la chica altísima.

—Digo yo una cosa —dijo—. ¿Y no se puede bailar así como está?

—Primero y principal, la cuestión del nombre —dijo la profesora—. ¿Se da cuenta? Yo no puedo agarrar la *Sinfonía Pastoral* así como está y llamarla Tepsi Cora.

—Pero digo yo una cosa —volvió a decir la chica altísima—. Si Beethoven está muerto, ¿quién va a protestar? A menos que haya dejado descendientes —me miró a mí—. ¿Alguna sabe si dejó descendientes? —dijo.

—Yo le puedo decir a mi marido que averigüe —dijo la señora del peinado.

La profesora sonrió con suficiencia.

—Le agradezco, querida —dijo—, pero no se trata sólo de eso. Un ballet no es lo mismo que una sinfonía, ¿se da cuenta? Tiene otra estructura.

Estructura, claro. Me pareció que empezaba a entender.

—Perdón —dije—, usted quiere hacer un ballet basado en la *Sinfonía Pastoral*.

La de malla violeta me miró con asco.

—Ella ya hizo el ballet —me dijo—. Lo que le falta es el arreglador.

—Es más que un ballet —dijo la profesora—. Es la vida encarnándose en la danza. Tomar la vida, entiende, y hacerla danza.

Yo entendía, claro, cómo no iba a entender. La vida, sencillísimo. Y de pronto la miré y sentí una especie de vacío en la boca del estómago: *ballet nato*. Ballenato. Y me dio miedo. Pero cómo no iba a entender: la vida, claro. Ella y yo y la mujer llamada Fedora y la chica altísima y la señora que tenía un marido, y también el marido, y especialmente el arreglador muriéndose de conmoción cerebral y especialmente todos los que faltan en esta historia. Hacerlos danza, bailar ese sillón, bailarlo todo. Qué porvenir nos espera, traté de pensar con ironía.

Pero no tenía por qué preocuparme: Tepsi Cora no era complicado. La profesora lo estaba contando ahora (más que contarlo lo estaba *bailando*) y había que admitir que ya lo tenía todo resuelto. Sólo le faltaba el arreglador. Al levantarse el telón Tepsi Cora aún no ha nacido; está replegada sobre sí misma en actitud fetal. Vienen los Dones Prodigiosos (*pas de quatre* de los dones prodigiosos) y la van dotando para la danza. El rostro (rostro de Tepsi Cora que se vuelve expresivo), los brazos (se agitan como alas), las piernas (piernas en quinta posición), y finalmente el alma. Entonces Tepsi Cora comienza a danzar su alegría de estar viva. Pero aparecen las Fatalidades (*pas de quatre* de las Fatalidades, hasta que termina, Tepsi Cora no puede bailar); después vienen distintas vicisitudes de los primeros años de Tepsi Cora. El primer acto culmina con la aparición de la Escarlatina. La Escarlatina se adueña del escenario, Tepsi Cora languidece y está a punto de morir (*pas de deux* desesperado de los padres de Tepsi Cora), pero al fin Tepsi Cora se yergue y decide hacerle frente a la Escarlatina. Huida de la Escarlatina. Gran Danza Triunfal de Tepsi Cora. Fin del primer acto.

El segundo y el tercer acto nos hablan de la tenacidad de Tepsi Cora, de sus estudios, de las Amistades y del Amor. La Envidia, los Celos y la Traición hacen presa de las Amistades. Cerca del final del tercer acto hay una escena muy cruel en la que el Prometido huye con la Mejor Amiga unos días antes de la boda. Tepsi Cora baila su dolor, baila por sobre todas las desgracias de la tierra, baila a pesar de todo. Y termina el tercer acto.

El cuarto acto tiene un tono más bien metafísico. La Fatalidad (que hasta el momento ha aparecido bajo la forma de un *pas de quatre,* o como distintas vicisitudes de la realidad) ahora es una abstracción. Aun la propia Tepsi Cora, más que ella misma, es la encarnación de la danza, del arte en general y de todo lo bello que es posible en el mundo. La Fatalidad, que hacia el final es el Tiempo, se ensaña cada vez más ferozmente con Tepsi Cora pero ella no trastabilla: cada vez danza mejor.

Nunca pude saber quién triunfa. En la mitad de un *entrechat* desesperado que representaba la última embestida de Tepsi Cora contra el Tiempo, la profesora se detuvo y miró el reloj. Después nos miró a todas, una por una, emitió una risita misteriosa (de qué se estaba riendo, o de quién), y con jovialidad nos dijo:

—Y ahora basta de haraganear, mis ratonas en flor. Un poco de pancita, *s'il vous plaît*.

Entonces nos acostamos en el suelo y comenzamos a hacer la bicicleta. Me sentí bien: esto era una clase de gimnasia y las bicicletas me salen maravillosamente; es increíble el control que tengo sobre mis músculos abdominales. Por otra parte, siempre es agradable corroborar que pese a ciertos desniveles, a algunas inquietantes amenazas de zozobra, y dejando de lado, claro está, los desequilibrios de la mente, las enfermedades incurables, la vejez y la gordura, son prácticamente nulas las probabilidades de riesgo que ofrece la vida.

GIOCONDA BELLI

La mujer habitada
(fragmento)

GIOCONDA BELLI nació en Managua, Nicaragua. Es poeta y narradora. Publicó los libros de poemas *Sobre la guerra* y *Línea de fuego*, y las novelas *La mujer habitada, Sofía de los presagios, Waslala* y *El pergamino de la seducción*. El fragmento que se reproduce es el "Capítulo 19" de su primera novela: *La mujer habitada* (1992).

El mes de julio se acercaba a su fin. Lavinia arrancó la hoja del calendario y revisó su agenda de trabajo para el día siguiente. Mercedes había anotado una reunión con Julián y los ingenieros a las once de la mañana y otra con las hermanas Vela a los cuatro de la tarde.

Anotó otras tareas que debía revisar en medio de las reuniones y dando una ojeada final a su escritorio, acomodó lápices y papeles y cerró con llave la gaveta.

Sara la esperaba a las cinco y media y eran ya las cinco.

Apagó las luces y salió de la oficina.

Caminó con paso rápido al estacionamiento y pronto doblaba la esquina para unirse al tráfico de la Avenida Central. Una nutrida fila de automóviles avanzaba despacio deteniéndose en los semáforos rojos.

Iba distraída, un poco cansada, pensando en la reunión con los ingenieros. La casa del general Vela debía estar lista a tiempo y ella debía garantizar el avance del trabajo de los constructores.

A través de la ventana, veía a los conductores de otros vehículos, atentos, pendientes de adelantar o cruzar el semáforo en rojo.

De pronto, en un carro a cierta distancia de ella, vio a Flor. Le costó sólo segundos reconocerla con el pelo corto y teñido de castaño claro, casi rubio. Sintió un golpe de sangre inundarle el corazón. Flor, su amiga, allí, tan cerca de ella. Podía verla gesticulando, sonriendo al conductor del carro, un hombre de facciones imprecisas. Pensó rápidamente qué hacer para llamar su atención; ¿tocar el claxon, adelantarlos? No. No podía hacer nada. Nada más que procurar ponerse al lado del carro, tratar de que Flor la viera. Pero era casi imposible. En los cuatro carriles ascendentes de la avenida, una línea de carros se interponía entre su vehículo y aquél. Para ponerse a la par, debía hacer maniobras ilegales posibles quizás en una carretera, pero azarosas en un tráfico tan nutrido.

El semáforo cambió a verde y el carro donde Flor, sin verla, seguía conversando, se adelantó avanzando más rápido por el carril izquierdo.

Trató de acelerar pero los automóviles delante de ella se movían lentamente. Al llegar al siguiente se-

máforo, los había perdido. Alcanzó a ver la parte tra-
sera del automóvil rojo dar vuelta en una esquina.

La frustración le sacó un sonido sordo del pecho,
un golpe de la mano contra el timón.

Había sido casi una visión: su amiga tan cerca-
na y a la vez tan lejana, inaccesible. Sintió una pe-
sada tristeza, la sensación de pérdida otra vez. Le
sucedía con frecuencia. La mayor parte de sus afec-
tos más cercanos se habían ausentado de su vida,
tomando distancia. Aunque sólo la pérdida de su tía
Inés fuera irremediable, recordar a Flor, su amiga
española Natalia, Jerome, le producía una punzante nostalgia.

La ausencia tenía efectos indelebles. Los rostros
se desdibujaban en la borrosa sustancia de los recuerdos. A veces se preguntaba si aquellas personas ha-
brían existido realmente. La nostalgia lograba cubrir-
los de ropajes míticos y extraños. El tiempo tramposo
ocultaba tras su neblina el pasado, lo rendía inexis-
tente, lo asociaba en la mente a la imaginación o los
sueños. El espacio que en una época ocupara Flor, se
llenaba de otras imágenes, otras vivencias. Dejaban
de compartir lo cotidiano, la materia prima de la vida. Era una pérdida, un hueco, un agujero negro tra-
gándose la estrella-Flor, un mecanismo oscuro de la
mente buscando proteger el corazón siempre fiel al
dolor de la ausencia.

Nada podía evitar que la echara de menos. Palpaba su huella. En el recuerdo que al mismo tiempo la disolvía, existían las conversaciones, la empatía, la complicidad creada entre las dos. La única, especial complicidad de género y propósito; la que no sentía ni existía con Felipe, ni con Sara.

Verla, sentirla a escasos metros de ella sin poder gritarle, sin poder siquiera sentir la satisfacción de una sonrisa lejana, una mano alzada en señal de saludo, le hizo brotar la tristeza en un borbollón efervescente desde el fondo de agua de los ojos.

Era duro todo esto. Muy duro, pensó. ¿Quién calculaba estas luchas, estas pequeñas, grandes, renuncias individuales al escribir la historia?

Se contaban los sufrimientos, las torturas, la muerte... ¿pero quién se ocupaba de contabilizar los desencuentros como parte de la batalla?

Aparcó el carro frente a la casa de Sara. Con Sara no era lo mismo. De Sara, su amiga de infancia, se separaba más cada día hasta el punto de pensar que estaban las dos en una torre de Babel invisible donde los idiomas se confundían.

Sara abrió la puerta. Estaba pálida.

—Pasá, pasá, Lavinia —dijo—, te tengo preparado un cafecito con galletas.

—Vos parecés necesitarlo más que yo —dijo Lavinia—. ¿Estás bien? Te veo pálida...

—He estado con muchas náuseas... —lo dijo con una expresión de incomodidad, mezclado contradictoriamente con un gesto de alegría.

Lavinia la miró interrogante.

—¿No estarás embarazada? ¿Te vino la regla por fin?

—No. No me vino. Ni me va a venir. Esta mañana llevé el examen al laboratorio y, ¡estoy embarazada! —habló in crescendo, acumulando las palabras despacio hasta desembocar en el "estoy embarazada" jubiloso.

—¡Qué alegre! —dijo Lavinia, genuinamente contenta, abrazándola—. ¡Te felicito!

—Va a nacer en febrero —dijo Sara, devolviéndole el abrazo y llevándola del brazo hacia la mesa donde estaba servido el café.

—¿Y ya le dijiste a Adrián?

—¡Ay! —dijo Sara suspirando y sonriendo tristona—. Adrián no tiene sentido alguno del romanticismo. Me ha estado diciendo que estoy embarazada desde hace días: "te falta la regla, estás embarazada. Es casi matemático", me repite. Lo llamé para avisarle del resultado del examen y lo único que dijo fue que ya lo sabía, que si no recordaba cómo él me lo había estado repitiendo varios días... Es verdad que uno se da cuenta, pero vos sabés, el examen es el gran acontecimiento, ya cuando ves el "positivo" en la hoja de papel... No es lo mismo que intuirlo. Y yo, seguramente de tanto ver películas, me imaginaba una escena romántica, me imaginaba que vendría corriendo a la casa y me daría un abrazo especial, un ramo de flores... ¡qué sé yo! Es una tontería, pero ese "ya lo sabía" me puso triste.

—Tenés razón —dijo Lavinia, haciendo una comparación mental rápida con lo que ella esperaría en una situación así, sorprendiéndose de no tener nada preconcebido. Retornó, sin saber por qué, a la imagen de Flor en el carro. ¿Tendrían ellas hijos alguna vez?

—Bueno, como dice una amiga mía, la verdad es que el embarazo es cosa de mujeres. El hombre no siente la misma emoción —dijo Sara, mientras vertía el café en las tazas blancas— ¿querés azúcar?

—No. No, gracias —contestó—. No sé qué decir sobre lo que sentirán los hombres. Para ellos, es algo misterioso que nos sucede a las mujeres. Ellos son nada más observadores del proceso una vez que se inició, y al mismo tiempo se saben parte de él... Posiblemente experimenten lejanía y cercanía a la vez. Debe ser extraño para ellos. Le deberías preguntar a Adrián.

—Le voy a preguntar, aunque no creo que diga mucho. Me dirá lo normal, que está feliz y todo lo demás son elucubraciones mías.

—Yo me siento rara de pensar que vas a tener un hijo... increíble cómo pasa el tiempo, ¿verdad? Me acuerdo cuando hablábamos de todas estas cosas enclavadas en mi cuarto... —cerró los ojos y echó la cabeza para atrás en el sofá. Vio a las dos niñas ávidas contemplando las láminas de un libro de la tía Inés que se titulaba *El milagro de la vida*.

—Sí —dijo Sara, en el mismo tono nostálgico— ya crecimos... ya pronto seremos viejas, tendremos nietos y nos parecerá mentira.

¿Tendría nietos? pensó Lavinia, ahogada por la nostalgia y la imposibilidad de visualizar su futuro con la seguridad de Sara. Quizás no tendría ni hijos.

Abrió los ojos y miró, como lo hacía tantas veces, la casa, el jardín y su amiga sentada lánguidamente, sorbiendo el café. Siempre le desconcertaba la sensación de pensar que ésa podría haber sido ella, su vida. Era observar la bifurcación de los caminos, las opciones. Había escogido otra; una que cada vez la alejaba más de esas tardes frente a los tiestos de begonias y rosas, la loza blanca y fina de Sara en la mesa junto al verde patio interior, los nietos, la perspectiva de una vejez de trenzas blancas. Pero su opción la alejaba también de la indiferencia, de este tiempo aislado, protegido, irreal. Estaba segura que no habría sido feliz así, aunque le habría gustado pensar en hijos, en un mundo acogedor...

—¿Y vos todavía no pensás casarte, tener hijos? —preguntó Sara.

—No. Todavía no —respondió.

—Siempre me estoy preocupando por vos. No sé por qué siempre temo que te enredes, que te dejés llevar por esos impulsos tuyos. Aunque siempre me decías "mística", pienso que de las dos, vos sos la más romántica e idealista. Tenés más dificultades para aceptar el mundo como es.

—El mundo no "es" de ninguna manera, Sara. Ése es el problema. Somos nosotros quienes lo hacemos de un modo u otro.

—No. No acepto eso. Nosotros no somos quienes decidimos. Es otra gente. Nosotros somos solamente montón, gentecita cualquiera... ¿Querés otra galleta? —dijo, extendiéndole el plato con las galletas de coco.

—Ésa es una visión cómoda —dijo Lavinia, tomando la galleta y mirando al patio con expresión ausente. Frecuentemente entraba en discusiones así con Sara. Nunca sabía si valía la pena continuarlas. Generalmente extinguía la conversación, la apagaba a punto de desgano.

—¿Pero qué se puede hacer? decime; aquí, por ejemplo, ¿qué podemos hacer?

—No sé, no sé —dijo Lavinia—, pero algo se podrá hacer...

—No querés aceptarlo, pero la realidad es que nada se puede hacer. Ya ves vos, con todo y tus ideas, te tienen diseñándole la casa del general ese...

—Sí, pues, y qué sabemos... a lo mejor convenzo al general de que deberían preocuparse más por la miseria de la gente... —y adoptó un tono de broma, de fin de conversación—. Vamos, Sara, hablemos de tu futuro niño. Nunca llegamos a ninguna parte con este tema.

Se quedó un rato más conversando con la amiga. El domingo estaban invitadas a un paseo en la hacienda de unos conocidos. Era el cumpleaños del anfitrión. La hacienda tenía piscina y el paseo prometía ser muy alegre. Se pusieron de acuerdo para irse juntas.

—¿No vas a llevar a Felipe? —preguntó Sara.

—No. Ya sabés que a Felipe no le gustan las fiestas.

—Nunca he conocido un ser más antisocial que ese novio tuyo —dijo Sara— pero en fin, es mejor, así platicaremos más en confianza.

Al salir se encontró con Adrián de regreso de la oficina. Lo felicitó. Él aceptó las felicitaciones inhibido, con actitud de niño gracioso. Lavinia sonrió para sus adentros, confirmando su tesis de que si bien seguramente estaba feliz, no podía manejar muy bien su participación en el acontecimiento. No haber hecho ningún comentario cínico o socarrón, era la mejor prueba de su emoción. Sin embargo, Sara no podía percibirlo esperando, como esperaba, el abrazo jubiloso de las películas.

Le gustaba hacer el amor con música. Dejarse ir en la marea de besos con música de fondo, música suave como el cuerpo sinuoso que le surgía en la cama. Era extraordinario, pensaba, cómo el cuerpo podía ser tan dúctil y cambiante. En el día, soldadito de plomo caminando marcialmente entre las calles, de oficina en oficina, sentándose erecta en sillas duras e incómodas; por la noche, no bien la música, el tacto y los besos, abandonándose suave, liviana, distendiéndose en la imaginación del placer, sorbiendo el roce de otra piel, ronroneando.

No concebía que pudiera alguna vez perder la sensación de maravilla y asombro cada vez que los cuerpos desnudos se encontraban.

Siempre había un momento de tensa expectativa, de umbral y dicha, cuando el último vestigio de tela y ropa caía derrotado al lado de la cama y la piel lisa, rosada, transparente surgía entre las sábanas iluminando la noche con luz propia. Era siempre un instante primigenio, simbólico. Quedar desnuda, vulnerable, abiertos poros frente a otro ser humano también piel extendida. Eran entonces las miradas profundas, el deseo y aquellas acciones previsibles y, sin embargo, nuevas en su antigüedad: la aproximación, el contacto, las manos descubriendo continentes, palmos de piel conocidos y vueltos a conocer cada vez. Le gustaba que Felipe entrara en el ritmo lento de un tiempo sin prisa. Había tenido que enseñarle a disfrutar el movimiento en cámara lenta de las caricias, el juego lánguido hasta llegar a la exasperación, hasta provocar el rompimiento de los diques de la paciencia y cambiar el tiempo de la provocación y el coqueteo por la pasión, los desatados jinetes de un apocalipsis de final feliz.

Sus cuerpos se entendían mucho mejor que ellos mismos, pensaba, mientras sentía el peso de Felipe acomodarse sobre sus piernas, agotado.

Desde el principio se descubrieron sibaritas del amor, desinhibidos y púberes en la cama. Les gustaba la exploración, el alpinismo, la pesca submarina, el universo de novas y meteoritos.

Eran Marco Polo de esencias y azafranes; sus cuerpos y todas sus funciones les eran naturales y gozosas.

—No dejás de sorprenderme —le decía él, tirándole cariñosamente del pelo en la mañana—, me has hecho adicto de este negocio, de esos quejiditos tuyos.

—Vos también —respondía ella.

La cama era su Conferencia de Naciones, el salón donde saldaban las disputas, la confluencia de sus reparaciones. Para Lavinia era misterioso aquello de poderse comunicar tan profundamente a nivel de la epidermis cuando frecuentemente se confundían en

el terreno de las palabras. No le parecía lógico, pero
así funcionaba. En ese ámbito habían conquistado la
igualdad y la justicia, la vulnerabilidad y la confianza; tenían el mismo poder el uno frente al otro.

"Es que hablar muchas veces enreda" decía Felipe y ella discutía que no. Es más, estaba convencida
que no era así, hablando se entendían los seres humanos. Lo de los cuerpos era otra cosa, un impulso
primario extremadamente poderoso pero que no sal-
daba las diferencias, aun cuando permitiera las re-
conciliaciones tiernas, las caricias de nuevo. Era más
bien peligroso, argumentaba ella, pensar que los conflictos se resolvían así. Podían acumularse bajo la
piel, irse agazapando entre los dientes, corroer ese te-
rritorio aparentemente neutral, agrietar la Conferencia de Naciones.

Era portentoso que aún no hubiese sucedido, teniendo en cuenta los frecuentes encontronazos. Tal
vez se debía a que, en el fondo, cuando discutían, Lavinia separaba al Felipe que amaba del otro Felipe, el
que ella consideraba no hablaba por sí mismo, sino
como encarnación de un antiguo discurso lamenta-
ble: su niño malo que ella deseaba redimir, expulsar
del otro Felipe que ella amaba.

Flor solía decirle que era demasiado optimista
pensando poder liberar a su Felipe del otro Felipe;
pero le concedía la esperanza.

La esperanza era quizás el mecanismo que le permitía conservar la música cuando hacían el amor, aunque quizás fuera solamente un mecanismo de defensa inventado por ella contra la desilusión y el pesimismo de pensar en la imposibilidad de un cambio... ¿Cómo creer tan fervientemente en la posibilidad de cambiar la sociedad y negarse a creer en el cambio de los hombres? "Es mucho más complejo" opinaba Flor, pero a ella no le satisfacían esas teorías. No negaba la complejidad del problema, ni era ilusa de pensar en soluciones fáciles. Le parecía que el meollo del asunto era un problema de método. ¿Cómo se provocaba el cambio? ¿Cómo actuaba la mujer frente al hombre, qué hacía para rescatar al "otro"?

Se abrazó a la espalda de Felipe dormido y dejándose invadir por el sueño se evadió de aquellas incertidumbres.

ANA MARÍA SHUA
Las chicas electrónicas

Ana María Shua nació en Buenos Aires en 1951. Como escritora, publicó más de cuarenta libros, entre los que se cuentan: *Soy paciente* (Premio Losada 1980), *Los amores de Laurita*, *El libro de los recuerdos*, *La muerte como efecto secundario*, *La sueñera*, *Casa de geishas*, *Botánica del caos* e *Historias verdaderas*. "Las chicas electrónicas" forma parte de su libro *Historias verdaderas* (2004).

—¿Te acordás, hermana? Nos íbamos a bailar a las dos, tres de la mañana, de golpe los jóvenes copábamos la calle, como si todos al mismo tiempo saliéramos de nuestras madrigueras. Nos juntábamos en los kioscos, en los bares, en las esquinas…

—Me acuerdo. Usabas brillantina en la cara y en el escote. Y esas zapatillas de plataforma que te gustaban tanto pero te hacían torcer el tobillo.

—Una vez me hice un esguince y de algún modo me las arreglé para seguir bailando. Lo que es ser joven. Al día siguiente me tuvieron que enyesar. Y vos tenías el aro en el ombligo.

—Estaba muy orgullosa de mi aro: me había costado varias infecciones y todavía lo tenía allí. Vos te ponías gel en el pelo. Y usabas tops con una sola manga para lucir el tatuaje en el hombro. ¿Lo tenés todavía?

—No, me lo saqué con láser hace unos años. Los rollingas sacaban a relucir sus zapatillas blancas, el flequillo y los pañuelitos al cuello.

—No les gustaba que les dijeran rollingas. Ellos a sí mismos se llamaban *stones*.

—Tenías ese amigo alternativo, ¿te acordás? que se pasaba la mitad de la vida levantándose los pantalones. Y usaba la cadena colgando atrás para sostener la billetera. Pero sin billetera, porque ya se la habían robado una vez con cadena y todo.

—¡Cómo se asustó mamá cuando me hice esa lastimadura con las uñas!

—Ah, claro, con la onda de la escarificación. Nuestros padres no apreciaban mucho las cicatrices.

—Enseguida corrieron a consultar a su terapeuta, como hacían siempre. Por suerte la mina estaba en el mundo real y les dijo que se quedaran tranquis, que era nomás una moda.

—Vos usabas el pelo violeta, te lo habías decolorado para que te tomara bien y estaba todo arruinado, como paja. Me acuerdo de que la abuela te pagó la peluquería como regalo de cumpleaños y cuando vio la obra terminada se quería cortar las venas con una vainilla.

—Siempre te envidié el mameluco anaranjado brillante. Yo no tenía una ropa tan electrónica. Todos te miraban. Nuestro gran sueño era participar alguna vez en la súper *rave* internacional, el Love Parade de Berlín.

—Mamá se sorprendía de ver a nuestros amigos varones con los ojos pintados. Y cuando le contábamos que bailaban entre ellos...

—Pretendía que le explicáramos las diferencias entre el *house* y el *trance* o entre el *drum-and-bass* y el *jungle*. ¡Si lo último que había escuchado ella eran los Beatles!...

En el año 2030, así recordarán mis hijas esas madrugadas electrónicas de Buenos Aires. Y mientras charlan, escucharán música, pero no precisamente tecno: escucharán tango, algún viejo clásico como *Adiós Nonino.* Que no es música de pibes. Porque para disfrutar del tango hay que haber tenido y haber perdido, hay que ser capitán de la nostalgia, enamorado del recuerdo.

Luisa Valenzuela

El protector de tempestades

Luisa Valenzuela nació en Buenos Aires en 1938. Es narradora y periodista. Entre otros, publicó los libros: *Hay que sonreír, Los heréticos, El gato eficaz, Como en la guerra, Cola de lagartija, Realidad nacional desde la cama, Novela negra con argentinos* y *La travesía.* Sus relatos están reunidos en el libro *Cuentos completos y uno más.* "El protector de tempestades" forma parte de su libro de relatos *Simetrías* (1993).

Como buena argentina me encantan las playas uruguayas y ya llevaba una semana en Punta cuando llegó Susi en el vuelo de las seis. Pensé que no iban a poder aterrizar, dada la bruta tormenta que se nos venía encima. Aterrizó, por suerte, y a las siete Susi ya estaba en casa. Ella venía del oeste, la tormenta del este corriendo a gran velocidad apurada por arruinarnos la puesta de sol.

Susi dejó el bolso en el living, se caló la campera y dijo Vamos a verla, refiriéndose a la tormenta claro está. La idea no me causó el más mínimo entusiasmo, más bien todo lo contrario. La vemos desde el balcón, le sugerí. No, vamos al parador de Playa Brava, que estas cosas me traen buenos recuerdos.

A mí no, pero no se lo dije, al fin y al cabo por esta vez ella era mi invitada y una tiene, qué sé yo, que estar a la altura de las circunstancias. Yo tengo mi dignidad, y tengo también una campera *ad hoc,* así que adelante: cacé la campera y zarpamos, apuradas por llegar antes de que se descargara el diluvio universal. Esperando el ascensor Susi se dio cuenta de un olvido y salió corriendo. Yo mantuve la puerta del ascensor abierta hasta que volvió, total pocos veraneantes iban a tener la desaforada idea de salir con un tiempo como éste.

Al parador llegamos con los primeros goterones. Hay una sola mesa ocupada por un grupo muerto de risa que no presta la menor atención al derrumbamiento de los cielos. Tras los vidrios cerrados nos creemos seguras. Ordenamos vino y mejillones que a mi buen saber y entender es lo más glorioso que se puede ingerir en estas costas, y nos disponemos a observar el cielo ya total e irremisiblemente negro, rasgado por los rayos. Y allí no más enfrente, el mar hecho un alboroto. Nosotras, tranqui. Vinito blanco en mano, mejillones al caer. Humeantes los mejillones cuando por fin llegan, a la provenzal, chiquitos, rubios, deliciosos. Los mejores mejillones del mundo, comento usando una valva de cucharita para incorporarle el jugo como quien se toma ese mar ahí enfrente, revuelto y tenebroso. Umm, prefiero las almejas, me contesta Susi.

Igual somos grandes amigas. Ella es la sofisticada, yo soy la aventurera aunque en esta oportunidad los roles parecen cambiados. Susi está totalmente compenetrada con la tormenta, engulle los mejillones sin saborearlos, sorbe el vino blanco a grandes tragos, hasta dejando en la jarra la marca viscosa de sus dedos por no detenerse a enjuagárselos en el bol donde flota la consabida rodaja de limón. Casi no hace comentario alguno sobre la ciudad abandonada horas antes. Sólo menciona el calor, la agobiante calor, dice irónica, como para darle una carga de femenina gordura, ella que es tan esbelta. Y el recuerdo de la muy bochornosa la lleva a bajar el cierre y a abrirse la campera y de golpe contra su remera YSL azul lo veo, colgándole del cuello de un fino cordón de cuero —el mismo cordón, me digo, sin pensar el mismo en referencia a qué otro cordón ni en qué momento.

Me quedo mirándole el colgante: cristal, caracol, retorcida ramita de coral negro, y, lo sé, precisas circunvalaciones de alambre de cobre amarrando el todo.

—El protector de tormentas —comento.

—Sí, fijate que me lo estaba olvidando en el bolso, por eso te dejé colgada frente al ascensor. Y con esta nochecita más vale tenerlo.

No funciona, digo casi a mi pesar. Claro que sí, retruca Susi, convencida, mientras caen los rayos sobre el mar y parecen tan cerca, y yo le pregunto cómo es que lo tiene y ella pregunta cómo sé de qué se trata y todo eso, y las dos historias empiezan a imbricarse.

—Yo estaba ahí no más, en La Barra, con los chicos, habíamos alquilado una casa sobre la playa, lindísima, mañana te la muestro —larga Susi.

A qué dudarlo. Lo que es yo nada de alquilar y menos casas lindísimas, que mi presupuesto no da para eso, no. Yo en cambio estaba como a siete mil kilómetros de aquí, en Nicaragua, más o menos laburando, captando Nicaragua en un congreso de homenaje a Cortázar en el primer aniversario de su muerte.

—Allá por el '85 —digo.

—Allá por el '85, si no me equivoco —retoma Susi como si le estuviera hablando de su historia, y yo le voy a dar su espacio, voy a dejar que ella hile en voz alta lo que yo calladita voy tejiendo por dentro. Ella hace largos silencios, los truenos tapan palabras, los de la mesa de al lado se están largando por vertiginosas pistas de ski según puedo captar de su conversación sobre Chapelco, todo se acelera y cada una de nosotras va retomando su trama y en el centro de ambas hay una noche de tormenta sobre el mar, como ésta, mucho peor que ésta.

Yo en Nicaragua en los años de gloria del sandinismo con todos esos maravillosos escritores, uno sobre todo mucho más maravilloso que los otros por motivos extraliterarios. Hombre introvertido, intenso. Nos miramos mucho durante todas las reuniones, nos abrazamos al final de su ponencia y de la mía, nos entendimos a fondo en largas conversaciones del acercamiento humano, supimos tocarnos de maneras no necesariamente táctiles. Largas sobremesas personales, comunicación en serio. Era como para asustarse. Navegante, el hombre, en sus ratos de ocio. Guatemalteco él viviendo en Cartagena por razones de exilio. Buen escritor, buena barba, buenos y prometedores brazos porque entre tanto coloquio, tanta Managua por descifrar —hecha para pasmarse y admirarla dentro de toda su pobre fealdad sufriente—, entre tanto escritor al garete, nulas eran las posibilidades de un encuentro íntimo. Pero flotaba intensísima la promesa.

—Yo estaba en esa casa, sensacional, te digo —va diciendo Susi—. Una casa sobre la playa con terraza y la parte baja que daba directamente a la arena. Jacques aterrizaba sólo los fines de semana, meta vigilar sus negocios en Buenos Aires, y yo iba poco a poco descubriendo la soledad y tomándole el gusto. Los chicos estaban hechos unos salvajes dueños de los médanos y de los bosques, cabalgando las olas en sus tablas de surf pero no tanto porque no los dejaba ir donde había grandes olas, eran chicos, igual hacían vida muy independiente y se pasaban la mitad del tiempo en casa de unos amiguitos, en el bosque, y yo me andaba todo en bicicleta o caminaba horas o me quedaba leyendo frente al mar que es lo que más me gustaba.

—¿A Adrián Vásquez, lo leíste? —atino a preguntar despuntando el ovillo.

—Jacques me tenía harta con sus comidas cada vez que llegaba. Cada fin de semana había que armar cenas como para veinte, todos los amigos de Punta, todos. Te consta que a mí me gusta cocinar, me sale fácil, pero en esa época yo necesitaba silencio, fue cuando le empecé a dar en serio a la meditación y no terminaba de concentrarme que ya empezaban a saltar los corchos de champán.

En Nicaragua le dábamos al Flor de Caña. Flor de ron, ése. Y llegó el día cuando se terminó el coloquio y casi todos se volvieron a sus pagos y a unos poquitos nos invitaron a pasar el fin de semana en la playa de Pochomil.

—Cierto fin de semana Jacques no pudo venir. Ya no me acuerdo qué problema tuvo en BAires, y los chicos patalearon tanto que me vi obligada a llevarlos a pasar la noche en casa de sus amiguitos y por fin yo me instalé en el dormitorio de abajo, el de huéspedes que daba sobre la arena, dispuesta a leer hasta que las velas no ardan.

La pomposamente llamada casa de protocolo del gobierno sandinista era a duras penas una casita de playa sobre la arena, simpática, rodeada de plantas tropicales, casita tropical toda ella con mucho alero y mucha reja y poco vidrio. Poco vidrio a causa del bruto calor, mucha reja debido a los peligros que acechaban fuera. Un país en guerra, Nicaragua, entonces, con los contrarrevolucionarios al acecho.

A Susi no le cuento todo esto, sólo largo por ahí una palabra o dos, de guía, como para indicarle que estoy siguiendo su historia. Al mismo tiempo voy hilvanando en silencio y de a pedacitos la mía, como quien arma una colcha de retazos.

—Esa casa era un sueño, te digo. Tenía un living enorme con chimenea que alguna vez encendimos y un dormitorio principal estupendo todo decorado en azul Mediterráneo, con decirte que el del depto de Libertador no parecía gran cosa al lado de ése, igual a mí me gustaba el cuarto de huéspedes, abajo, porque la casa estaba construida sobre un médano, el cuarto quedaba abajo y tenía un enorme ventanal que daba directamente sobre la playa.

—Idéntica ubicación física —convine, sin que ella me preste atención alguna entre el ruido de la tormenta que ya se había desencadenado, los truenos que reventaban como bombas y esos vecinos de la mesa de atrás que atronaban con sus voces y sus risas por encima del estrépito del viento. Idéntica ubicación física, dentro de lo que cabe, salvando las distancias.

—A mí me encantaba esa pieza de huéspedes que tenía una cucheta bajo el ventanal. Ahí me tiré a leer, esa tardecita, cuando ya se estaba poniendo el sol.

Nosotros, en cambio, llegamos a la tardecita, nos llevaron a comer a un puesto de pescado sobre la playa y después quedamos solos, los cuatro huéspedes: Claribel Alegría y Bud Flakol, su marido, mi escritor favorito y yo. Y yo, relamiéndome de antemano.

—Yo me relamía —creo que musité en medio del soliloquio de Susi. Ella estaba en otra:

—Yo leía mientras se iban marchitando los rosados de la puesta del sol y veía acercarse la tormenta, unos nubarrones negros que venían hacia mí, espectaculares.

Amenaza de tormenta teníamos nosotros también, en Pochomil, además de la amenaza de la contra, y ahí estábamos los cuatro en esa playa perdida de la mano de Dios. Claribel y Bud son los mejores compañeros, los más brillantes que uno pueda desear, y además estaba él y yo me hacía todo tipo de ilusiones, por eso el peligro era una posibilidad más de acercamiento. De golpe se hizo de noche. Cosas del trópico. Y se presentó un hombre armado que dijo ser un guardia y meticulosamente nos encerró a los cuatro tras las rejas, llevándose las llaves del candado principal, por seguridad, dijo, porque por allí andaban peleando.

Ni que me hubiera leído el pensamiento, Susi, porque de golpe dijo:

—La Barra es un lugar muy tranquilo, pero esa noche parecía prometer inquietudes interesantes.

Y después se quedó mirando el mar, o mejor dicho el horizonte negro, con nubes como las otras que ya no eran promesas y estaban descargándose con saña.

El guardia parecía inquieto. Cualquier cosa, me llaman si necesitan algo, estoy a pocos metros de acá, dijo, montamos vigilancia toda la noche así que no tienen de qué preocuparse, compañeros, y allí está el teléfono si es que funciona, no les puedo decir porque hace mucho que no tenemos huéspedes por acá, nos aclaró, bastante inútilmente porque se notaba, todo parecía tan polvoriento y abandonado que yo ya había tomado la firme decisión de sacudir bien las sábanas y separar la cama de la pared, más asustada de las alimañas que de los contras. Con un poco de suerte, *él* me ayudaría en ese sano menester. Algo comenté al respecto, él se ofreció con gusto, nos servimos el café de un termo que había traído el guardia, y los cuatro nos instalamos en las mecedoras de paja para una sabrosa charla de sobremesa cuando empezaron los sapos.

—Te digo que todo estaba quieto quieto esa noche mientras yo miraba acercarse la tormenta, unos nubarrones como de fin del mundo que me parecían sublimes, como lava apagada, qué sé yo, como oscuras emanaciones volcánicas que se iban acercando pero yo estaba ahí protegida detrás de los vidrios sobre esa cucheta en esa casa tan bella y solitaria.

En Pochomil los sapos mugían como toros salvajes, guturales y densos. Algo nunca escuchado, y detrás el coro de ranas, todo un griterío enloquecido de batracios cuando de golpe se desencadenó la tormenta casi sin previo aviso.

—Ésa sí que fue una bruta tormenta —dije en voz alta.

—¿Cuál, che? Disculpáme, por ahí estabas tratando de contarme algo, pero yo me embalé tanto en mi historia… ¿Pedimos más vino? Mirá cómo llueve, qué lindo.

—Allá se largó una lluvia que agujereaba la tierra. Así sonaba, al menos. No podíamos salir.

—Yo tampoco. Me dormí un ratito, y cuando me desperté el mar casi casi llegaba al ventanal.

—Era bastante aterrador, te diré. Empezaron los rayos y los truenos, todo tan encimado…

—Acá también.

—¿Ahora? No tanto.

—Ahora no tanto. Entonces, te digo, entonces era feroz.

En Pochomil era tan pero tan fuerte la tormenta eléctrica que nos dio miedo. La casa temblaba con cada rayo que caía, y enseguida explotaba el trueno. De espanto. Bud dijo que había que contar despacito entre el destello y el trueno, y cada segundo era una milla más que nos separaba del lugar donde caía el rayo. Claribel empezó a contar a toda velocidad, y nunca logró llegar a más de cinco. Los rayos caían casi sobre nuestras cabezas.

—Al principio me dio un miedo espantoso, con decirte que hasta lo extrañé a Jacques, no había nadie en la casa, hasta con los chicos me hubiera sentido más segura.

—Allá se oían las olas romper casi dentro de la casa.

—Como en La Barra, en La Barra.

Y yo me dejo bogar más allá de la historia de Susi para sumergirme silenciosamente en la mía, acompañada por esa inquietante música de fondo, la tormenta del aquí y el ahora.

En la tormenta del allá y el entonces él acercó su mecedora a la mía y me susurró No te preocupes, aunque el mar entre a la casa, yo soy un excelente navegante pero además y sobre todo estamos a salvo: acá tengo el protector de tempestades, me lo hizo un viejo santero cubano, ya muerto hace tiempo, y me lo hizo especialmente para mí, porque me encantaba navegar en medio de las tormentas, y por eso me puso, ¿ves tú?, este caracol tan particular, y este cuerno de coral negro tallado por él con la figura mítica de mi Orixa, y lo ató todo con alambre de cobre en determinadas vueltas sabias y precisas como metáfora del pararrayos.

Como si hubiera sido ayer lo recuerdo. Las palabras de él, y el amuleto que quedé mirando largo rato mientras él me hablaba. Lo miraba hasta con devoción, o respeto. Él me tomó la mano y con su mano apoyada sobre la mía me lo hizo tocar, y yo sentí el calor de su pecho y hasta algún latido. En eso se cortó la luz.

—¿Sí o no? —está preguntando Susi, impaciente.

—Sí, sí. ¿Sí qué?

—¡Querés más vino? Ahí viene el mozo, no me estás escuchando.

El mozo aceptó traer más vino pero dijo que iban a cerrar casi enseguida, que los de la otra mesa ya se habían retirado, que convenía que nos fuésemos nosotras también si no no íbamos a poder volver a casa. Déjenos un ratito más le pedí hasta que termine de contarme lo que me está contando. Miren que tormentas como ésta sólo creen en finales trágicos, amenazó el mozo y se alejó para buscar el vinito mientras un rayo más tajeaba el cielo, iluminando el mar.

Cuando se cortó la luz nos soltamos las manos como con susto, con miedo supersticioso, casi. Claribel y Bud no dijeron palabra. Todos callados, a ver si volvía la luz para disolver esa puta negrura que hacía más atroz los fulminantes destellos ahí, tan cerca. Quedamos paralizados, los cuatro, mudos ante el espantoso rugido de bestias de esos sapos. No teníamos ni un encendedor, ni fósforos. Al rato Bud logró llegar hasta el teléfono, que estaba muerto como era de suponer, y a medida que pasaba el tiempo se nos esfumaba la esperanza de que el guardia volviera con su sonrisa y su metralleta. Podría traernos una lámpara de querosén, una linterna, velas, lo que fuera para aclarar un poco esa noche llena de tormenta y alimañas. Mi romance se me estaba diluyendo con esa lluvia feroz, no iba a ser yo la primera en decir que me iba a la cama, porque le tenía miedo a esa cama sin sacudir. Y si no era la primera, ¿cómo iba él a poder seguirme?

—Qué angustia —me sale en voz alta, sin querer—. Qué angustia en esta tormenta de hoy, y quizá también en aquella tan cargada.

—¿Te parece? —pregunta Susi—. No, no era para tanto. Era inquietante pero me hacía bien, aquella tormenta, no sé cómo explicártelo pero me sentía bien. Después de dormitar un poco me desperté refrescada, interiormente en paz.

Susi intenta explicarme lo de la paz, yo vuelvo al lado de él. Claribel está diciendo que se había fijado y nuestra casa no tenía pararrayos, y Bud, tratando de calmarnos, agrega: pero sí antena de televisión, que está desconectada, completa el dueño del protector de tempestades quizá para hacerme sentir segura tan sólo a su lado.

—Me sentía tan a gusto que me quedé ahí, no más, absorta en la tormenta, tratando de ver cada uno de los rayos que caían sobre el mar, sin ganas de subir a mi dormitorio y meterme en la cama. Era como una meditación, como estar dentro de esa naturaleza desencadenada, estar dentro de la tormenta y sentir tanta calma, era estupendo. Ni ganas de ir al baño me daban.

—En eso él se levantó para ir al baño —intercalo yo sin pretender que Susi me preste ni la menor atención, más bien como pie para seguir reviviendo mi callada historia. Susi habla y yo me siento como una serpiente de mar asomando arqueados lomos de palabras para después hundirme de nuevo en la memoria. No por eso dejo de escucharla, al mismo tiempo enhebrando mi recuerdo como si las palabras de la superficie y las de la profundidad tuvieran una misma resonancia.

Él se metió en el baño, es cierto. Lo oímos en medio de la negrura tropezar contra algún mueble y al próximo destello, cuando de nuevo tembló toda la casa, ya no estaba a mi lado y pude ver cómo se terminaba de cerrar la puerta. Después, en la oscuridad y el silencio, oímos el cerrojo. Retumbaba la tormenta y no nos sentíamos para nada tranquilos. Y él allí, en el baño, encerrado por horas, por milenios en medio de esa tormenta que tenía algo de desencadenamiento geológico. Estábamos como a la deriva en alta mar y él que era nuestro navegante nos había dejado para buscar refugio.

—Ahora sí tengo que ir al baño —dice Susi, y se levanta decidida al tiempo que el mozo viene de nuevo a la carga. Vamos a cerrar, insiste mientras las olas golpean contra la pared de la terraza y los vidrios del parador se sacuden con el viento. No nos van a dejar así tiradas en medio del temporal, le pedimos, al menos esperen que amaine un poco, no tenemos ninguna protección, protestamos, pero las dos pensamos en lo mismo.

Y él seguía metido en el baño, encerrado, resguardado, y nosotros tres esperándolo, esperándolo y esperándolo —yo— mientras el mundo se desmoronaba y los sapos rugían con un rugir nada de sapo, más bien apocalíptico. ¿No le pasará algo?, pregunté con tono inquieto, pero era un reclamo. Estará descompuesto, estará asustado, en fin, vos entendés lo que quiero decir, dijo la voz sensata de Bud desde la negrura. Y nos quedamos allí callados por los siglos de los siglos y uno de los tres sembró la alarma porque allá, al fondo de la densidad negra, bogaba una luce-

cita, hacia arriba y hacia abajo, la lucecita de un mástil, apareciendo y desapareciendo a ritmo de las grandes olas, con respiración jadeante.

—Esta tormenta es brava, casi tan feroz como…
—está diciendo Susi al retomar su sitio, y yo con la
lucecita a lo lejos que parecía estar acercándose y él
encerrado en el baño y todos nosotros, los cuatro, en-
cerrados en esa casa en medio de la más arrolladora
de las tempestades viendo quizá cómo se acercaba un
barco de los contrarrevolucionarios que naturalmente desembarcarían en nuestra playa. Casa de protocolo del gobierno sandinista: trampa mortal. Y la lucecita subía y después se borraba, y volvía a aflorar y
parecía más cerca. Él no soñaba con salir del baño ni
enterarse de la nueva amenaza. Yo me harté de tanta
especulación, de tanta espera dividida entre el deseo
y el miedo. Igual que la lucecita del mástil subía el
deseo y yo esperaba que él emergiera de la profundidad del baño, dispuesta a decir algo o a hacer algún
ademán en el instante mismísimo de un rayo; igual
que la lucecita desaparecía el deseo y me hundía yo
en la tiniebla del miedo. Ganaron por fin el término
medio, la sensatez, el agotamiento, el aburrimiento,
la impaciencia, quizá. Dije Buenas noches, me voy a
dormir, y a tientas encontré mi dormitorio olvidán-
dome de tanta especulación y de tanta espera, bo-
rrando hasta las necesidades más primarias y las ga-

nas de lavarme los dientes. Traté de sacudir las sábanas y de no pensar más en alimañas. No pensar más
en el amor o en el miedo a los contras. Así me quedé dormida en esa cargada noche.

—...y esa luz que avanzaba entre las olas parecía estar llegando, ya se la veía muy cerca, y el mar
estaba casi en mi ventana y no me dieron tiempo de
asustarme de veras porque de golpe oí que me llamaban. Susi, Susi, oí, y pensé que era el viento o mi
imaginación. Pero no. Susi, gritaban, y en eso apa-
recieron dos figuras arrastrando un bote inflable con
motor fuera de borda, un dingui, sabés, con un pa-
lo alto y una lucecita arriba. Yo estaba tras la ventana iluminada y uno de ellos se acercó. Ahí lo reco-
nocí a Gonzalo Echegaray, ¿te acordás de él? Lalalo,
alguna vez lo habrás visto en casa. Venía con otro tipo y estaban hechos una calamidad. Corrí a abrirles
y Gonzalo me dijo que el otro lo había salvado, que
estaba a la deriva con el velero totalmente escorado
y las velas todas enredadas por el viento feroz y su
falta de cancha cuando apareció el otro en el dingui
y lo rescató. El otro no tenía pinta de gran salvador,
por suerte. Era un dulce, un tipo parco, callado como a mí me gustan. Gonzalo dijo que se había tirado a La Barra sabiendo que yo estaría allí, y que se
hubieran ido al demonio de no ver la luz de mi ventana que podía haber sido cualquier ventana pero

qué. Por suerte era la mía, el salvador era un pimpollo y apenas sonreía mientras Gonzalo contaba las peripecias y después, cuando Gonzalo se fue a dormir más muerto que vivo, me mostró su amuleto. Dijo que en realidad los había salvado el amuleto, que era el verdadero y único protector de tormentas, se lo había hecho especialmente para él un viejo cubano, qué sé yo.

Insensible, el mozo interrumpe, vuelve al ataque: que no se van a seguir arriesgando por nosotras, que por favor saldemos la cuenta y ya van a cerrar, que por ahí se vuela el parador y todo y más vale no estar cerca.

Mientras esperamos el vuelto Susi insiste en completar su prolija narración de los hechos:

—Gonzalo se quedó como una semana en casa, para reponerse, pero el otro no, sólo esa noche y sin embargo, ¡qué nochecita, doña! Memorable, una noche absolutamente tórrida y deliciosa me hizo pasar el otro en medio de la tormenta.

—¿Deliciosa como los mejillones?

—Como las almejas. No, más, muchísimo más. Fue la gloria. Lástima que cuando desperté, tarde como te imaginarás, él ya no estaba. Se había ido en su dingui y nunca más supimos nada de él. Pero me dejó sobre la almohada su protector de tempestades que ahora nos va a dar una buena mano para salir de ésta.

Buena mano un carajo, quiero acotar mientras nos disponemos a enfrentar los elementos. Pero con pasmosa templanza me sale lo otro:

—Mirá vos, che. Y pensar que al día siguiente a mí me dijo que se había quedado en el baño meditando, y que había tirado el amuleto al mar desde la ventana, para aplacar la tormenta…

LILIANA HEER

Ángeles de vidrio

(fragmento)

LILIANA HEER nació en Esperanza, provincia de Santa Fe. Es escritora y psicoanalista, autora de guiones para cortometrajes. Publicó los siguientes libros: *Bloyd* (premio Boris Vian 1984), *La tercera mitad*, *Giacomo-El texto secreto de Joyce* (en coautoría con J. C. Martini Real), *Frescos de amor*, *Verano Rojo*, *Ángeles de vidrio*, *Repetir la cacería* y *Pretexto Mozart*. "Tropismos" es un capítulo de su novela *Ángeles de vidrio* (1998).

Tropismos

Durante el ensayo de la obra, Kevin aprende a caminar. Camina sosteniéndose de sogas cubiertas por pasamanos. La idea ha sido de Iván recordando una caída que le quitó definitivamente la confianza en sus piernas. Fue después de caerse cuando empezó a morder hasta hacer hilachas las cortinas, había dicho la madre antes de un viaje.

Leonor desde uno de los extremos de la sala observa el desplazamiento del niño. Lo ve moverse sin levantar los ojos del piso, su mano junto a la soga, no se sostiene de ella simplemente la toca. En algunos trechos olvidado del sostén Kevin cambia de andarivel. Camina por los bordes del gran salón donde Iván dirige la obra de teatro. Uno de los gordos está acostado en el piso, la pierna derecha muy estirada; el otro gordo cuelga de un arnés: aletean sus brazos en el intento de trepar por una escalera. En el centro hay cajas, alambres, caballetes y tablas.

Cuando oye martillar Kevin cierra el puño y lo lleva al oído. Permanece inmóvil un momento luego cambia de postura y se sienta. No perdió el equilibrio, se echó hacia atrás y sentado mira.

Desde el extremo de la sala no es posible diferenciar la mancha que el niño ve. Es una mancha de sol. Al mover la mano sus dedos brillan. Con un movimiento repentino los lleva a la boca y vuelven a brillar húmedos de saliva.

Leonor camina hacia la ventana. Nunca asistió a un aprendizaje tan rotundo. Cualesquiera sean sus gestos o palabras, siente una alegría inusual. Como si pensara: esto empieza hoy pero es infinito. No tendrán límite sus extremidades, aunque la memoria pierda los andariveles sus pasos seguirán andando.

Leonor avanza pegada a la pared. Por la ventana puede ver las cúpulas del invernadero. Verde y azul los cristales. Sobresalen acacias, cactus gigantescos y penachos de palmeras.

—Aire de las islas —dijo Iván que el marino decía, orgulloso de haber trasladado el archipiélago a la ciudad.

Desde la ventana del último piso Leonor no ve el mar, tampoco El Astillero. Necesita que sus ojos se acostumbren a la luz. Sólo si mira las nubes puede pensar que está lejos.

Ella y Kevin, descalzos caminan por la arena. Los pies del niño sin cavaduras en las plantas, de huesos finos, invisibles, violeta.

—Pequeño Edipo de pies tibios.

Una única sombra cuando levanta al niño y se interna en el agua.

Kevin se adhiere a su cuerpo mientras Leonor nada. Avanza de espaldas y el niño por momentos parece flotar a unos milímetros de su piel.

Bajo el cielo dorado los colores se mimetizan en el contorno de la bahía. Muerden los ocres el cobalto del mar. Leonor nada hasta el muelle y advierte el contraste de superficies: la madera, el óxido de los metales. Una grúa levanta planchas de acero; a la vista solamente la parte superior, el resto detrás de las dunas.

Leonor sube al muelle y se sienta sobre los tablones, el niño a horcajadas, la respiración fuera de ritmo. Igual que en los frescos de la iglesia de su aldea, Kevin chupa las gotas que corren por su pecho: pequeña rosada lengua lamiendo agua con sal.

Kevin levanta los ojos del piso y ve a Leonor junto a la ventana. Los golpes de martillo impiden escuchar su exclamación. Mueve las manos y los pies, quiere agarrarse de la soga, está demasiado alta, entonces gatea aprisa. Mira hacia el frente, avanza unos metros pero no llega hasta la ventana porque Leonor ha ido a su encuentro.

En brazos, inquieto, tenso el cuerpo ante el impulso interrumpido, balbucea señalando uno de los rincones. Leonor ve el cisne y sabe lo que el niño quiere. Ve el cisne y empieza a cantar *Valencia* antes de apretar el vientre del juguete para que la música suene. Es así como por un instante todo parece posible y ambos absortos sonríen.

Los tambores de una danza ritual se superponen al canto de Leonor. Están probando el sonido de la primera escena. Inicialmente los gordos con cabezas y picos de cuervos bailaban. Después Iván cambió de animal, encontró a los cuervos incompatibles con el papel que los gordos representaban en la segunda escena: quiso lobos en lugar de cuervos, tres cabezas con fauces de lobos batiendo sus mandíbulas.

El niño duerme en brazos de Leonor cuando se vuelve a oír el martilleo sobre las tablas que antes le hiciera cubrir su oído con un puño. Duerme impasible porque los ruidos se escuchan a menor volumen. Esta vez no se trata de clavar bastidores para sostener dibujos de templos, la idea fue sustituirlos por transparencias. Sobre esqueletos de madera y cartón se verá una iglesia y una sinagoga, también rostros, bocas, multitudes. En realidad el plan inicial ha sufrido alteraciones, ya no es el mismo sino otro que seguirá cambiando incluso frente al público.

Para quien no presenció la fabricación de los cuadrantes, es difícil distinguir la naturaleza de los golpes. Son golpes secos a los que se une el precipitado de una demolición.

—Y sombra de palos —agrega Iván apagando la grabadora del equipo.

Durante el ensayo de la obra, Leonor es espectadora de diferentes acontecimientos, algunos previsibles, otros inesperados, todos ajenos a la conciencia de sus ejecutantes. En esto último apenas puede reparar porque el impulso de lo novedoso le contagia un ritmo *allegro vivace*: los pasos de su hijo Kevin le enseñan una forma nueva de entrar en la vida.

Marcela Serrano

Nosotras que nos queremos tanto
(fragmento)

MARCELA SERRANO nació en Santiago, Chile, en 1951. Es licenciada en grabado y escritora. Es autora de las novelas *Nosotras que nos queremos tanto* (Premio Sor Juana Inés de la Cruz 1994), *Para que no me olvides* (Premio Municipal de Literatura 1994), *Antigua vida mía, El albergue de las mujeres tristes, Nuestra señora de la soledad, Lo que está en mi corazón y Hasta siempre, Mujercitas*. El fragmento incluido aquí es el capítulo "Dieciséis" de su novela *Nosotras que nos queremos tanto* (1991).

A María no le gustó nada que la oficina la enviara por una semana a La Paz. No andaba de buen humor esos días. Su reciente separación de Rafael la tenía desganada. La noche anterior yo había comido en su casa. Ella estaba deprimida.

—Intuyo lo rotundo de esta decisión, Ana. Supe cuando partió Rafael, que nunca más yo viviría con un hombre. Supe que para siempre seríamos estas paredes y yo, nadie más. Claro que amores tendré siempre, muchos amores, hasta que el cuero me dé. Pero, ¿qué pasará cuando sea vieja? No cambiaría un ápice de mi vida si me dijeran que voy a morir a los cuarenta. Más bien me encantaría morir a los cuarenta, antes de convertirme en un objeto desechable, en una vieja de mierda que nadie amará. Pero, aunque esté condenada a vivir hasta los cien años, no me mentiré. Nunca más, Ana, la mentira de "la relación". Mientras el patriarcado y la monogamia caminen de la mano así de estrechos, yo no tendré espacio. Quizás tus hijos lo tengan. No. Ellos tampoco van a alcanzar. Quizás tus nietos. Pero yo no. No accederé a ese privilegio. Por lo tanto, estoy condenada a la soledad.

Después del café, mientras abría un Drambuie, siguió quejándose.

—Sabemos que el amor termina, Ana. ¿Para qué nos pasamos películas? Las proyecciones al futuro son sólo protecciones. Sabemos que toda relación muere. Tú dices que se transforma. Claro, ¿en esa cosa calentita, blanda y complaciente? ¿Qué energía hay en eso? Sabemos que la pasión no es eterna. Sabemos que tras una relación simbiótica se esconde sólo el terror a la soledad. Y ese terror es el que toma la forma de familia. Engendrar hijos para que todos se posean unos a otros, ahogándose. ¡Odio la posesividad! Al menos, hago la vida que me da la gana. No debo guardar imágenes estabilizadoras a nadie. No debo proteger a nadie de mis propios vaivenes. No hay un proyecto de vida que se prolongue más allá del mío. No vivo ese fenómeno del cual la maternidad es dueña: la culpa. Al no tenerla, todo está rodeado de otro color. No, no estoy haciendo ninguna inversión para el futuro. Pero, ¿crees que los hijos realmente lo son? La vejez puede ser una desgracia aunque hayas parido muchos. Más vale que la plenitud de nuestros años venideros no dependa de esos pobres seres que, a fin de cuentas, no fueron echados al mundo para que sus madres, vacías, se cuelguen de ellos.

Bueno, en ese ánimo andaba cuando la mandaron a La Paz.

María llegó a nuestros cubículos enojada. Nosotras cuatro teníamos un ala de la casa, apartada del resto, donde habíamos logrado transformar dos grandes salas en cuatro pequeñas oficinas, cómodas e independientes. Era nuestro hábito juntarnos todas en la oficina de Isabel, la más grande, a media mañana. Ése era nuestro indispensable *break,* con buen café, la única hora en que tomábamos café de verdad en la cafetera que yo aportaba. Era entonces cuando nos enterábamos de la última copucha política normalmente llevada por María vía Magda —que vivía en la superestructura total—, de la nueva gracia de los niños o nietos, o de la última llamada de un admirador clandestino. Allí irrumpió María ese día.

—¡Me enferma que me crean disponible! Eso me pasa por no tener hijos ni marido.

—Calma, María, calma. Es sólo que a ti te cuesta menos viajar que a nosotras.

Reía yo para mis adentros recordando el último viaje de María, cuando llegó furiosa. No es que el viaje no hubiese resultado, no. Es que en el avión se encontró con una mujer que era feliz, y no pudo soportarlo.

—Pero, María, ¿cómo sabes si encuentras allí al hombre de tu vida? —acotó Sara—. Es como aquella tía mía que jugaba cada semana a la lotería, sin ganar nunca nada. Una semana decidió no jugar más. Su marido la obligó. Compró un boleto a última hora, de mala gana. Y… ¡ganó!

Todas nos reímos. En realidad, a María le gustaba viajar y siempre estuvo bien dispuesta a partir. Decía que era la única forma de resistir vivir en Chile, y explicaba que con sólo unos días afuera respirando libertad y leyendo una prensa real, se sentía otra. "Los viajes me ponen inteligente", agregaba. "Vivir en este país sin salir, mata al más vivo. Por eso estoy siempre contenta de viajar."

Sólo esta vez parecía contrariada.

—Difícil que encuentre al hombre de mi vida ahí, de todos los lugares del mundo. ¿Se imaginan, yo, enamorada de un boliviano? —lanzó una carcajada.

Llegó a La Paz un día martes, complacida por su reserva en el Hotel La Paz. María tenía una verdadera debilidad por los buenos hoteles. Se instaló en su habitación un atardecer de inmensa lluvia. Las nubes eran negras y no parecía que fuese a despejar. Mejor, pensó ella, aprovecharía para cuidarse de los estragos de la altura. Una tarde lluviosa le pareció una gran disculpa para no contactarse aún con los anfitriones, que seguramente la invitarían a comer, y así darse una tina caliente, pedir más tarde un *sandwich* a la pieza y continuar la lectura. Para viajar casi siempre elegía una novela negra, Hadley Chase o Ross Macdonald, así podría estar segura de resistir cualquier espera o demora con la mente del todo entretenida.

Deshizo la maleta y colgó en el closet las pocas prendas que llevaba. Como tenía la certeza de que allí nadie la estimularía a arreglarse —pues, a diferencia de su hermana Magda, el ponerse linda para María nunca era un propósito en sí sino un mandato de la presencia de otro—, no se había esmerado en aquel punto. La verdad es que venía con tan pocas ganas que escasamente armó un equipaje apropiado.

Llamó por teléfono al *Room Service,* pidió un Campari —no tenía hambre, después pediría algo para comer— y se tendió a esperar. Se rió del boliviano que en el avión le había recomendado tomar sólo mate de coca y no beber alcohol hasta el segundo día. No es la primera vez que estoy en esta ciudad y nunca la altura me ha afectado, ¡al diablo con tanta precaución! No es raro, pues cada vez que las ganas de María se enfrentaban con el ítem "precauciones", ganaban las ganas de María.

Cuando el mozo, con un acento dulce y mirada servil, llegó con el trago, María reparó que no tenía dinero para la propina. Ella atesoraba los billetes de un dólar, los juntaba para las propinas en los aeropuertos y hoteles, sin preocuparse por el cambio de moneda. Pero no los había echado en la billetera.

—Lo siento mucho. No tengo dinero. Venga la próxima vez que llame y le daré propina doble.

—No se preocupe, señorita.

Salió muy digno el indígena con su corta chaqueta verde y una sonrisa.

María dudó si bajar inmediatamente a cambiar plata o tomarse tranquilamente el Campari y bajar después. Aunque más tarde se enfurecería consigo misma, ganó la flojera y con el vaso rojo en la mano, tirada sobre el impecable amarillo de la colcha, abrió la página sesenta y dos de *El secuestro de miss Blandish*. Se sumergió en los laberintos de Chase sin reparar en la hora. Mucho rato después empezó a sentir hambre y miró el reloj. Ya lo había atrasado una hora y eran las nueve de la noche en La Paz.

Interrumpió su lectura y decidió bajar al *lobby* y cambiar dinero. Se peinó en el espejo, por costumbre, tomó su billetera y bajó.

Fue mientras el cajero iba por el vuelto —le había pedido que lo esperara cinco minutos— que, sentada en uno de los sillones de cuero verde, oyó por el parlante una voz que insistía en dar un nombre para quien había una llamada internacional. El corazón de

María empezó a latir fuerte cayendo de a poco en cuenta del nombre que oía. No, no era idea de ella: era ese nombre. Su apellido no era común. Se trataría de una coincidencia. Pero al escucharlo de nuevo, sospechó que no era coincidencia. ¿Estaría el propio Ignacio en La Paz en este momento? ¡No puede ser!

Caminó rápidamente hacia el mesón y preguntó al conserje por él.

—Ya avisé que ha salido, no está en el hotel. Ya se lo he dicho a la telefonista.

—Señor yo no tengo nada que ver con la llamada internacional. Sólo quiero saber si este pasajero es el mismo que yo conozco o se trata de un alcance de nombres.

—¿Y cómo la puedo ayudar, señorita?

—Déjeme ver su ficha.

—No, no. No puedo hacer eso.

—¿Por qué no?

—Las fichas de nuestros huéspedes son privadas, señorita.

—Bueno dígame al menos si es chileno.

—No le diré nada, señorita, por favor no me insista. Yo cumplo órdenes.

Llegó otro señor al mesón. Éste no llevaba uniforme y por su actitud María dedujo que era el jefe. Le dio una alabanciosa mirada, tan evidente que casi se diría libidinosa.

—¿En qué podemos ayudarla, madame? —dijo con una enorme sonrisa.

María agradeció ser aún buenamoza y conseguir con ello lo que no se conseguía de otro modo. Y con la más dulce de sus voces lo llevó a un lado y le susurró:

—Señor, por razones totalmente privadas y personales me resulta muy importante saber el segundo apellido de un cliente de este hotel. Créame que para mí es vital y no lo considero una indiscreción de parte de ustedes suministrar una información tan básica.

Todo se resolvió. Efectivamente era él. Había salido hacía media hora con un grupo a comer fuera. Se había registrado dos días atrás y su reserva estaba hecha hasta pasado mañana. —Y si su avión sale temprano sólo tengo el día de mañana. ¡Mierda!

El cerebro de María trabajaba a toda velocidad. No podía esperar un encuentro casual, pues podía no darse. Él asistiría a algún seminario o dictaría un curso y ello significaba que estaría probablemente fuera todo el día. ¿Cómo encontrárselo en la tarde? ¿Cómo saber a qué hora volvería al hotel? ¿Y si se le escapaba? Dejar una nota era lo más razonable y fue la primera idea que cruzó por María. Pero después temió que no estuviera solo. No en vano la habían advertido sobre su aspecto mujeriego y donjuanesco. Era probable que se hiciera acompañar por una

mujer. O quizás una novia, algo serio. Después de todo, María no tenía noticias de él hacía varios meses.
¿Cuánto tiempo había transcurrido desde esa noche
en Cachagua? ¿Unos siete meses? Y tres meses atrás,
en plena separación con Rafael, había recibido a través de Magda una tarjeta con una reproducción del
Metropolitan Museum y una sola frase: "Dile al azar
que cuente con mi tenacidad". Nada más. María recuerda que al recibirla, su ego se había inundado de
placer. Pero, ¿por qué ese hombre tenía esa rara seguridad sobre ella? Sabía que Ignacio todavía no había hecho definitivo su retorno y que lo haría dentro
de poco. Ella *sí* había estado atenta a ello.

Al final optó por la nota, asumiendo el riesgo de
que él no pudiese —o no quisiese— verla. Pero le parecía de vital urgencia que él se enterara que ella estaba ahí.

"¿Eres tú? ¡Qué rara coincidencia! Estoy en la
610." Y su nombre.

Con eso bastaba. Incluso si la leía la virtual mujer presente, no podría acusarla de nada.

Se retiró a su habitación y se tendió a escuchar la
lluvia. Estaba muy nerviosa y confundida. ¡Ignacio!
¡Esto era lo más inesperado que podía sucederle! ¿Y
por qué le temía a ese puro nombre? ¿Qué extraña
intuición le hacía prevenirse de él y abrirle los brazos paralelamente? Tenía la certeza de que ella signi-

ficaba algo para él, certeza loca si se piensa que toda la historia de ellos se resumía a una sola noche, siete meses atrás. ¿Qué maniobra del destino los hacía encontrarse hoy, en esta ciudad perdida?

Se maldijo a sí misma por no haber bajado antes. ¿Y si se hubiesen encontrado en el *lobby*? Probablemente estarían comiendo juntos. ¡Qué desperdicio! Y con un solo día por delante… Odió su fanatismo por la novela negra, su flojera, todo lo que la había retenido en la pieza. Y de repente sintió, con un cierto escalofrío, que de haberse encontrado una hora atrás, ya en este minuto sus cartas estarían echadas.

No fue una buena noche para María. Esperó su llamada hasta tarde y ésta no se produjo. La invadió cierta inseguridad. ¿A qué hora habría vuelto de la comida? Quizás fueron a una fiesta. La ansiedad no le hacía bien —como no le hace bien a nadie.

A las ocho de la mañana siguiente, en punto, sonó el teléfono de su velador.

—Despierta, mujer, te estoy esperando desde las siete.

—¿Ignacio? —balbuceó, mientras su inconsciente constataba que se encontraba frente al "modelito madrugador", todo un síntoma de ciertas personalidades.

—¿Tienes mucho sueño?

—Es que estaba durmiendo…

—¿Y a qué hora debes trabajar? —Como si hubiesen estado juntos la noche anterior.

—No lo sé. Llegué anoche y aún no me contacto con la gente.

—¡Ah! Me contactaste primero a mí, ¿cierto?

María rió, ya más despejada. Él continuó:

—Mira, debo salir a las nueve y vuelvo a almorzar. ¿Quieres tomar desayuno conmigo?

María pensó en cuánto se demoraría en levantarse, arreglarse... no quería aparecer irritada por haberse acelerado, cosa que le sucedía siempre. También sopesó el que él no la hubiese llamado anoche y que merecía esperar para verla. Después de todo, las ganas nunca deben mostrarse, por principio. Él la interrumpió.

—¿Tienes mala cara en las mañanas? Ése es un dato importante a saber —su voz era alegre, segura, risueña.

—¿Estás sólo? —su curiosidad pudo más que el recato.

—¿Me preguntas si estoy con alguna mujer? No. Estoy con un grupo de investigadores. ¿Y tú?

—Sola.

—Bueno, hasta diez minutos atrás. Ahora estás conmigo. ¿Hasta cuándo te quedas?

—Hasta el sábado. ¿Y tú?

—Me voy mañana.

Silencio. Era cierto entonces, un solo día. Como si le leyera el pensamiento, él acotó:

—Es muy poco tiempo. Veremos qué se puede hacer. Bueno, ¿tomamos desayuno?

—No. Prefiero almorzar —así me lavo el pelo con calma, hago mis contactos, y lo espero regia y desahogada, pensó.

—Está bien. Juntémonos a las doce y media en la Plaza Murillo, para que no se te haga larga la mañana —como su voz era de risa, María no lo contradijo—. Acortaré mi clase y te esperaré allí. ¿Sabes llegar?

—No importa. Si me he olvidado, tomo un taxi.

—En las escalinatas de la catedral.

—Está bien, allí estaré.

—Antes de cortar, María… ¿qué te parece el azar?

—¿Por qué? —cínica ella, había leído mil veces la tarjeta.

—¿No recuerdas en Cachagua? Me dijiste que debíamos dejar esta historia al azar.

—Lo recordé cuando recibí tu tarjeta.

—Pues bien. Ya podemos sospechar lo que el azar quiere…

Y cortó. María quedó de una pieza. Es que la dejaba sin rol. Le robaba el suyo, tan aprendido e infalible cuando de conquistas se trata. Se paseó por la habitación. Y alguna voz interna, pequeñita, le sugirió: ¿Por qué esta vez no te dejas conquistar tú? Recordó aquella observación que hiciera Rodolfo una vez: "María nunca se deja escoger. No es la princesa encerrada en el castillo lleno de obstáculos. Al contrario, ella es el príncipe que sale en su caballo a buscar a sus amores, a escogerlos. Claro, los dragones aparecen después..."

A las once y media ya estaba lista. Se dio una última mirada en el espejo del baño. Había tomado desayuno en la cama, como le gustaba a ella, para no tener que enfrentarse al mundo sin un café previo en el cuerpo. Había hecho los contactos necesarios, ordenó sus papeles para el encuentro al que debía asistir, tomó notas para su intervención, se preocupó de averiguar cuántos días era indispensable su asistencia, luego se duchó largo, se lavó el pelo y eligió la ropa. Se indignó recordando la cantidad de alternativas que había en su closet de Santiago y ahora no sabía qué ponerse para una cita tan importante. Optó por los clásicos Levis y una blusa camisera de esas cien por ciento seda que tanto le gustaban. Se encontró a sí misma pensando en la seda cuando él la tocara. Al menos no olvidó en Santiago su perfume favorito y se roció abundantemente con el Shalimar.

Tomó un taxi ante el miedo de perderse y llegar tarde. Aprovecharía para mirar la plaza y esa iglesia tan bonita. A las doce veinticinco se sentó en los escalones y prendió un cigarrillo. Los nervios la con-

sumían. ¿Qué ocurriría? Buscó en su cartera los Le-
xotanil, se tomaría uno a la brevedad, por si acaso.
No resistiría perder el control. Se sentía infantil y
adolescente a la vez. Pero adulta, no. Pensó que a Ignacio se le conquistaría sólo con la total adultez. En
eso estaba cuando sintió su voz.

—¡María!

Venía hacia ella con los brazos abiertos. Ella se levantó y en el tercer escalón se abrazaron. Un abrazo
ligero. En fin, no eran dos amigos íntimos que se hubiesen extrañado. Se besaron en la mejilla y se admi-
raron mutuamente.

—Estás preciosa. Mirándote, me pregunto cómo
he pasado todos estos meses sin ti. No fuiste genero-
sa conmigo.

—Deja ya. Nos hemos encontrado en la forma
más casual y fantástica, ¿te parece poco?

Allí estaba, alto como lo recordaba, con el pelo casi gris, unas bonitas canas en las sienes, esos ojos cla-
ros tan transparentes, esa sonrisa fácil y acogedora,
bien vestido en *tweeds* y lanas azul piedra y sus manos grandes.

Caminaron un rato por el barrio, fueron a la calle
Jaén —la más bonita de La Paz—, entraron a la casa
de Murillo, gozaron con esa arquitectura colonial que
les recordó México y Sevilla. El espíritu era liviano
como si se hubiesen conocido la vida entera. Luego

él la llevó, siempre caminando, al restaurante del Hotel Plaza, un buen lugar de ceviches y pejerreyes.

Cuando se hubieron sentado con la cerveza helada en la mano, comenzó la conversación propiamente tal. Hablaron largo de Chile, de la falta de perspectivas para salir de la dictadura, del drama de la unidad que no se daba, de las primeras banderas frente al tema de las elecciones libres, del desgaste político del año anterior —el ochenta y seis— que no resultó ser "el año decisivo", de la remota posibilidad de plebiscito para fines del próximo año. Preguntó con mucho cariño por Magda y José Miguel.

—Están tan, pero tan renovados, que poco les falta para ser derechistas.

Él rió pero no dejó de precisar:

—La verdadera renovación, si se entiende como es debido, poco tiene que ver con la moderación.

Y cambió de tema en forma radical.

—Ya hemos despachado los temas objetivos. Ahora dime, ¿y tu marido?

—Ya no es mi marido.

La pregunta esperada. Él no se mostró asombrado.

—Lo supe esa noche en Cachagua. Supe que tu matrimonio tenía los días contados.

—Yo también lo sabía.

—Y si lo sabías, ¿por qué hemos perdido tanto tiempo?

Los hombres no entienden nada, pensó María. No saco nada con explicarle el miedo que tuve, que él sólo podía acelerar la ruptura y yo no quería romper. Que él no podía estar de por medio. Tenía que ser limpio entre Rafael y yo. No estaba preparada entonces. ¿Entendería él que ha sido necesario vivirlo así, meterme en esta soledad, sufrir todo lo que he sufrido?

—Ha sido duro, Ignacio. No lo festines.

Él le acarició espontáneamente el pelo, tocándola por primera vez.

—Supongo que lo ha sido. Perdona, es que la única vez que yo me separé no fue duro. El alivio fue tal que habría festejado días y días.

—Es un poco frívolo lo que dices. Siempre duele separarse, y sí que lo sé. Es un golpe duro y sólo viviéndolo a fondo puedes salir bien.

Le explicó su teoría que los romances surgidos de inmediato después de una separación estaban desahuciados, que si no pasa un tiempo determinado de elaboración, no se limpia el corazón y la nueva pareja paga los costos de ello.

—Parece que los hombres viven las relaciones y son las mujeres las que las piensan.

Una sonrisa irónica de María:

—¿Recién te enteras?

—Bueno, todo está bien, entonces. Tú ya has

cumplido esa etapa. Me parece, pequeña María, que la vida nos sonríe.

De nuevo le cambió el tema. Pasó a explicarle sus planes.

—A las seis me desocupo. Te iré a buscar en un auto del gobierno y te llevaré a pasear. Podemos recorrer Calacoto, La Florida, ir al Valle de la Luna y si aún nos queda tiempo vamos a San Francisco para que veas el mercado artesanal, o a la Zagárnaga para darte un amuleto del amor o uno de la fertilidad y veas los fetos de llama embalsamados. Luego te invitaré a comer al mejor restaurante de la ciudad, el último piso de nuestro hotel. ¿No lo conoces? Es redondo y transparente y podrás ver todas las luces del alto de la ciudad. Allí podremos tomar un buen Casillero del Diablo... no te asombres, los vinos chilenos están en todos lados, para celebrar nuestro encuentro y nuestra despedida.

—¿Cómo? —la desilusión en la cara de María no se hizo esperar.

—Tomo el avión al alba mañana. Pero ya tengo todo arreglado. Me dijiste que partías el sábado, ¿verdad?

—Sí.

Entonces, con mirada maliciosa, le extendió un sobre. María lo abrió. Era un pasaje aéreo La Paz-Cuzco para el día sábado, a su nombre. Lo miró sorprendida.

—Pero, Ignacio, ¿en qué momento…?

—Las secretarias en este país son muy eficientes. He pensado en todo. Yo parto a Lima mañana. Debo dar dos conferencias, una el jueves y otra el viernes. Yo me iré de Lima al Cuzco y nos encontraremos allí el sábado. Mi vuelo es muy temprano, el tuyo no tanto. Estaré en condiciones de esperarte allá y hacerme cargo de ti.

Como María lo miraba embelesada, sin habla, él concluyó, levantándose de su silla para retirarse:

—El Illimani estaba despejado hoy. Como eso es muy raro, dicen que algo extraordinario sucede cuando se ve su cumbre.

Hicieron todo lo planificado y terminaron la noche en el restaurante redondo de cristales. La conversación fue fluida y a medianoche ya eran amigos. Se levantaron de la comida tarde y contentos, y María sentía ya el cosquilleo de lo que le esperaba, creyendo que esta magnífica comida era sólo la antesala de la noche en sí. Pero para su sorpresa, él la dejó en su habitación y allí se despidió. Le dio un largo beso, "rico, húmedo, apretado" lo describiría ella más tarde.

—Te espero en el Cuzco.

Ignacio caminó por el pasillo hacia el ascensor. María quedó ahí, parada a la puerta de la habitación, inmovilizada por el desconcierto. ¿Qué significaba que se fuera así? ¿Por qué no se quedaba con ella?

¿Qué había hecho mal? ¿Es que no la deseaba? ¿O todo su donjuanismo era pura exterioridad? Ella nunca imaginó que la noche pudiera tener ese final. Tembló un poco.

—¡Ignacio!

Él ya estaba frente al ascensor y éste abría sus puertas. Ella no sabía qué decirle, su llamado era un impulso de la rabia. Le balbuceó incoherencias y él la detuvo.

—Seamos directos. ¿Te ofende que no pase la noche contigo?

—Sí, creo que sí. No lo entiendo…

—Ésta no es una más de tus historias fáciles, pequeña —le dijo irónico. Luego agregó, serio—: No te inquietes ni te pongas sospechosa de ti misma o de mí. No quiero dormir contigo hoy. No nos apresuremos, María. Tenemos la vida entera por delante para hacer el amor.

Volvió a besarla y se fue, sin que ella osase detenerlo esta vez. Estaba furiosa. Era una puñalada la que le clavaba y decidió resistir estoicamente.

Y aunque dudó mil veces y tuvo mil discusiones consigo misma, se subió al avión ese día sábado y partió al Cuzco. Como si la propia fuerza de gravedad la llevara, sin que su voluntad pudiese intervenir.

Cuando ya estuvo instalada a su lado en ese hotel azul y blanco frente a la plaza, en la ciudad más hermosa del continente, cuando ya se hubieron besado, tocado, acariciado y amado hasta doler, ella partió al correo y puso un cable a la oficina:

"No me esperen en la fecha acordada. ¿Recuerdan el cuento de la tía de Sara? Gané la lotería y estoy gozando mi suerte. Las quiere, María."

Índice

—¿En qué podemos ayudarla, madame? —dijo con una enorme sonrisa.

María agradeció ser aún buenamoza y conseguir con ello lo que no se conseguía de otro modo. Y con la más dulce de sus voces lo llevó a un lado y le susurró:

—Señor, por razones totalmente privadas y personales me resulta muy importante saber el segundo apellido de un cliente de este hotel. Créame que para mí es vital y no lo considero una indiscreción de parte de ustedes suministrar una información tan básica.

Todo se resolvió. Efectivamente era él. Había salido hacía media hora con un grupo a comer fuera. Se había registrado dos días atrás y su reserva estaba hecha hasta pasado mañana. —Y si su avión sale temprano sólo tengo el día de mañana. ¡Mierda!

El cerebro de María trabajaba a toda velocidad. No podía esperar un encuentro casual, pues podía no darse. Él asistiría a algún seminario o dictaría un curso y ello significaba que estaría probablemente fuera todo el día. ¿Cómo encontrárselo en la tarde? ¿Cómo saber a qué hora volvería al hotel? ¿Y si se le escapaba? Dejar una nota era lo más razonable y fue la primera idea que cruzó por María. Pero después temió que no estuviera solo. No en vano la habían advertido sobre su aspecto mujeriego y donjuanesco. Era probable que se hiciera acompañar por una

María empezó a latir fuerte cayendo de a poco en cuenta del nombre que oía. No, no era idea de ella: era ese nombre. Su apellido no era común. Se trataría de una coincidencia. Pero al escucharlo de nuevo, sospechó que no era coincidencia. ¿Estaría el propio Ignacio en La Paz en este momento? ¡No puede ser!

Caminó rápidamente hacia el mesón y preguntó al conserje por él.

—Ya avisé que ha salido, no está en el hotel. Ya se lo he dicho a la telefonista.

—Señor yo no tengo nada que ver con la llamada internacional. Sólo quiero saber si este pasajero es el mismo que yo conozco o se trata de un alcance de nombres.

—¿Y cómo la puedo ayudar, señorita?

—Déjeme ver su ficha.

—No, no. No puedo hacer eso.

—¿Por qué no?

—Las fichas de nuestros huéspedes son privadas, señorita.

—Bueno dígame al menos si es chileno.

—No le diré nada, señorita, por favor no me insista. Yo cumplo órdenes.

Llegó otro señor al mesón. Éste no llevaba uniforme y por su actitud María dedujo que era el jefe. Le dio una alabanciosa mirada, tan evidente que casi se diría libidinosa.